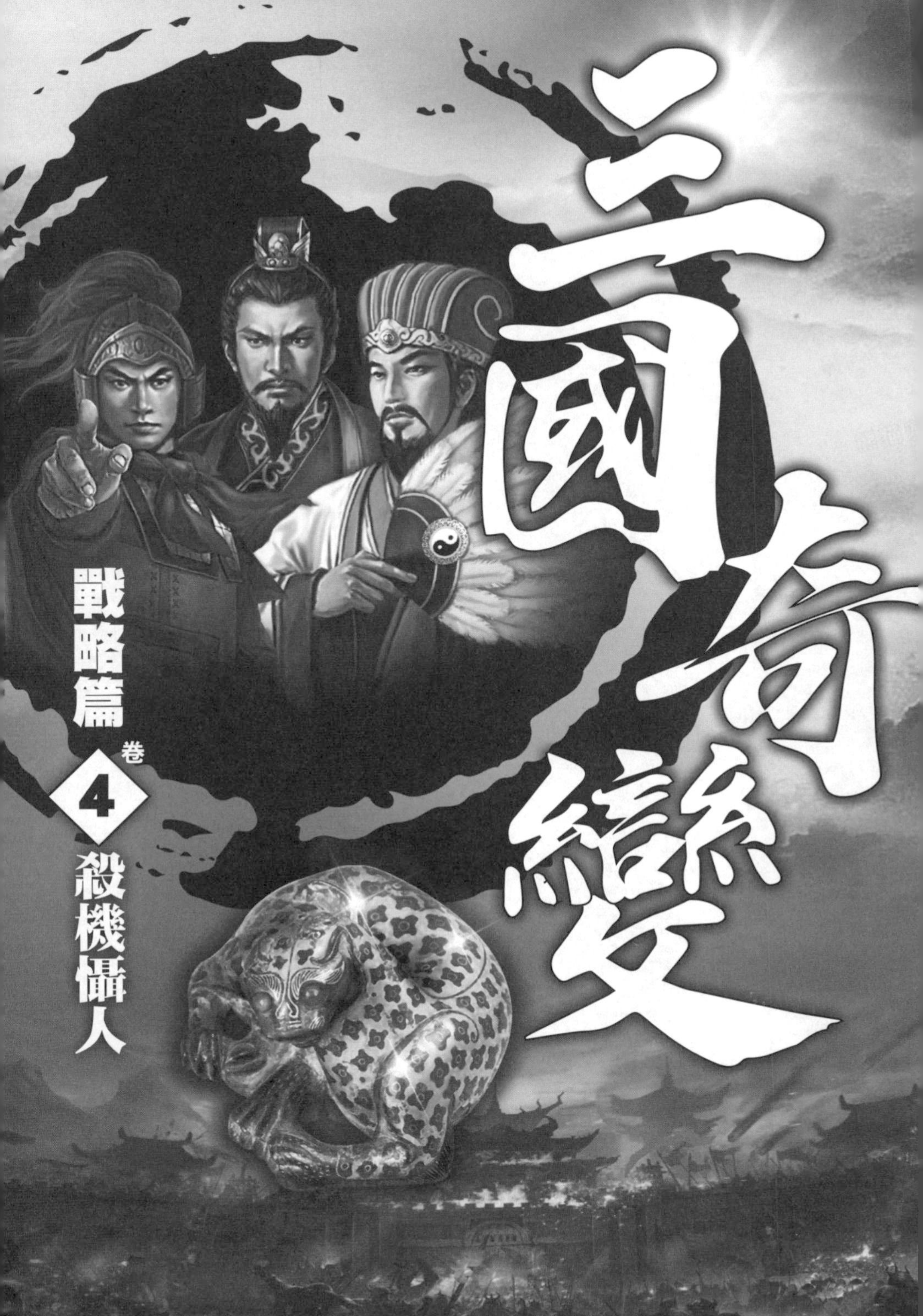
三國奇變
戰略篇
卷
4
殺機懾人

目錄

第一章

先下手爲強

高飛示意他們三個人坐下，道：「如今田韶已經被褚燕牽制在新昌一帶，田家堡裡只有一千私兵，我們這時候也該行動了，先下手為強，一舉將田家堡給端了，之後再進軍新昌，和褚燕等人前後夾擊，務必將田韶一網打盡。」

過了一會兒，荀攸、張郃、趙雲三個人一起來到了大廳，齊聲拜道：「參見主公！」

高飛擺擺手，示意他們三個人坐下，隨即道：「如今田韶已經被褚燕牽制在新昌一帶，田家堡裡只有一千私兵，我們這個時候也該行動了，先下手為強，一舉將田家堡給端了，之後再進軍新昌，和褚燕等人前後夾擊，務必要將田韶一網打盡。」

荀攸、張郃、趙雲齊聲道：「主公英明。」

高飛道：「張郃，你留下一千人負責守備城池，剩餘的軍隊全部帶走，子龍、荀先生，你們隨同我一起出征，咱們一定要將田家堡的勢力在遼東徹底拔除！」

「諾！」

十幾分鐘後，一萬四千人的軍隊在襄平城西門外集結，兩千騎兵，一萬二千步兵，精神抖擻地站在西門外，等待著高飛的命令。

高飛全身披掛，帶著趙雲、華雄、龐德、管亥、公孫康，連同兩千騎兵先走一步，把步兵交給張郃、荀攸等人帶領，留下裴元紹守禦襄平城，便浩浩蕩蕩地朝田家堡殺去。

騎兵和步兵分開之後，高飛帶領騎兵以最快的速度朝田家堡殺去。急速狂奔了三十里後，便來到田家堡的周邊，停在路邊，靠著河流附近的樹林掩蓋著，高飛將公孫康叫到身邊。

「公孫康，你恨田韶嗎？」高飛看著公孫康，問道。

「恨！」公孫康堅定的道：「如果不是田韶，我也不會被公孫昭任命為伍長，我父親已經是堂堂的冀州刺史了，田韶看不起我父親，就借我來出氣，公孫昭雖然和我是同宗，卻不幫忙，我也恨公孫昭。」

「嗯，恨就行。聽說你已經將你的弟弟公孫恭接到了襄平，你做得很不錯。知道我為什麼要帶你來這裡嗎？」高飛問。

公孫康搖搖頭：「請主公賜教！」

高飛道：「你對田家堡裡的地形熟悉吧？」

「再熟悉不過了！」

「很好，我就是要利用你對地形的熟悉，我一會兒讓華雄、龐德帶著你，繞到城的北面，你們偷偷溜進去，進城後，你帶華雄、龐德去占領糧倉和武庫，然後我們來個裡應外合，沒有問題吧？」

「主公放心，公孫康定當完成任務！」

高飛當即將歐陽茵櫻告訴他田家堡做為逃跑之用的密道地點告訴了公孫康、華雄、龐德三人，並且囑咐華雄、龐德道：「密道那裡或許有人把守，只要是進行抵抗的，就統統殺掉，進入堡內以後，以最快的速度占領糧倉和府庫，然後燒毀一處無關緊要的地方，隨後帶人衝到城門，打開城門。」

華雄、龐德道：「主公放心，屬下定當完成任務。」

高飛道：「很好，華雄、龐德、公孫康聽令，你們三個帶著一千五百人去，無論如何，只許成功，不許失敗！」

華雄、龐德、公孫康重重地點點頭道：「諾！」

隨後高飛帶著趙雲和五百騎兵徑直奔向田家堡，為的就是吸引田家堡的兵力，給華雄、龐德、公孫康等人製造機會。

這次來的兩千騎兵，只有少數人是從投降的賊兵裡選出來的，其餘的人都是羽林郎，紀律和作戰技巧沒得說。

高飛帶著五百騎兵越過小河上的那座石橋，一溜煙的功夫便到了田家堡的城牆外。

當守衛城牆的士兵看到大批騎兵突然奔馳而來，而且當先一人正是十幾天前來過的高飛，都有點措手不及，領頭的人知道高飛不好惹，而這會兒堡主又不在，慌亂之下，急忙命人去通報公孫昭。

「我乃安北將軍、遼東太守、襄平侯高飛，請速速打開城門，我要見你們家田將軍！」高飛騎著烏龍駒向前跨了幾步，朗聲叫道。

守門的軍侯答道：「啟稟高將軍，我家田將軍不在堡內……」

「混蛋！上次我來，你們也說不在，這次還是不在，他一個小小的平北將軍，竟然有這麼大的架子？速速打開城門，否則我踏平田家堡！」

守門的軍侯不知道如何作答，恰巧這時公孫昭趕了過來。

公孫昭本來準備押運糧草出堡，給田韶送糧食，正巧有人報告說高飛帶著軍隊來了，他二話不說，急忙來到城門。

登上城樓眺望，但見高飛帶著五百整齊的騎兵等候在城外，忙道：「原來是高大人，下官有失遠迎，還請見諒。」

高飛見公孫昭現身，故意叫道：「這不是原來的襄平令公孫昭嗎？怎麼還在田家堡裡晃蕩？」

公孫昭臉上一陣窘迫，當初高飛撂下話，第二天不到襄平的人統統不得再為官，沒想到高飛還當真了。

不過他有恃無恐，在遼東，誰不知道田家是老大，高飛這個遼東太守不把他

當回事，只要田家將他當回事就行了。

他笑道：「高大人，自你走後，下官就大病了一場，所以沒能趕赴襄平，還請高大人見諒。」

「我倒是不在意，反正丟了官的又不是我，公孫昭，請速速打開城門，我要進堡！」

公孫昭知道高飛來者不善，自然不會蠢到去打開城門，道：「田將軍不在，我也無法打開城門啊，還請高將軍高抬貴手，等田將軍回來了，我定當向田將軍奏明，讓田將軍到襄平城親自拜訪大人。」

高飛冷哼一聲，靈機一動道：「公孫度你應該認識吧？」

為了拖延時間，高飛便從公孫度的老子聊到兒子，又聊到整個公孫氏，在城門下和公孫昭耗上了。

在高飛拖延時間的同時，華雄、龐德、公孫康帶著一千五百個騎兵終於繞到了田家堡的北邊。田家堡就南邊一個城門，其餘地方都是高牆，周邊設置的有機關和陷阱，根本不怕別人靠近，只有南門有寬闊的城牆，可以在上面站立士兵。

田家堡的北端，有一處高高的丘陵，周圍有一些若隱若現的士兵，公孫康便對華雄、龐德道：「那裡就是主公所說的地方了，那裡有人影晃動，應該就是暗道的出口，沒想到田家堡居然還有這樣隱秘的暗道。」

華雄道：「管他娘的，一起圍上去把他們殺了，進入暗道後，便能進入田家堡，早一點進去，早一點剷除田家堡。」

龐德深表贊同，當即對身後的士兵喊道：「全部隨我衝過去，咱們這麼多人，殺幾個守門的沒什麼問題。」

隨著華雄、龐德的命令，一千五百個騎兵便從樹林裡殺了出來。

負責守衛暗道的只有幾十個人，平時沒什麼事，此時，幾十個人正聚在一起賭博，突然聽到馬蹄聲，這幾十個人看了一眼，見是漢軍，也沒在意，繼續賭博，待他們反應過來時，已經被衝來的騎兵給砍掉了。

公孫康摸索了一下，在丘陵下面的一個岩石後面找到了暗道，推開岩石，一個幽暗深邃的山洞露了出來。

華雄看了看山洞，根本容納不下騎馬通行，而且暗道那頭還不知道是什麼情形呢，當即對龐德道：「留下一些人看守馬匹，我們步行進堡！」

龐德點點頭，隨即留下一百人看守馬匹，和華雄一起進入了暗道。

暗道很深，裡面漆黑一片，一走進去就有一股逼人的寒意。暗道的洞口有準備好的火把，華雄、龐德、公孫康等人點燃火把，暗道內的情形也逐漸清晰起來。

從暗道黝黑又堅硬的石壁看來，這應該是一條人工開鑿多年的山洞，可以想像的出來，這個山洞的存在至少在百年以上。

「令明，你說這洞裡不會有妖魔鬼怪吧？」

華雄的膽子不小，走在最前面，可是只走了兩步路，那種森寒的氣息就越發逼近他的身體，讓他心裡不由得咯登一下，扭頭對身邊的龐德道。

龐德看背後的士兵，臉上也都是恐懼和不安，吞了口口水，強打起精神道：「主公……說過，這個世界上根本就沒有鬼，主公也說，給咱們講的西遊記裡的妖魔鬼怪都是瞎編亂造的，根本沒有這回事！現在大家都打起精神來，我們必須快點進入田家堡，主公還在堡門那裡等著我們呢。」

他們都是刀口舔血的漢子，不知道殺了多少人，殺人的時候都沒有感到害怕，一個小小的山洞自然也不能讓他們裹足不前。

華雄清了清嗓子，道：「都給我打起精神來，你們都是主公帳下最強的勇士，我打頭，你們跟在我後面，就算真有妖魔鬼怪，老子見一個殺一個，全部跟我走！」

士氣頓時被提升起來，華雄、龐德在前面開路，公孫康和其他士兵緊隨其後，一行人壯著膽子向山洞深處走去。越往前走，寒氣越發逼人，山洞內也飄起十分難聞的臭氣。

惡臭逼人，大家不得不掩鼻而行。

走了大約幾百米後，赫然看見一堆白骨，集中在一個土坑裡，坑裡還有一灘烏黑的液體，正是那股液體發出來的陣陣惡臭，熏得人無法忍受，從白骨的數量上來看，死在那個土坑裡的人至少有兩三百人。

沒有人知道這裡曾經發生過什麼事，眾人繼續向前走。沿著彎曲的道路又走了幾百米之後，隱約可以聽見頭頂上傳來雞、鴨、鵝等家禽的叫聲，還有幾聲明顯的狗吠。

走到山洞盡頭，有一道向上的斜坡，斜坡頂端被兩塊巨大的石板封住，裂縫中透出一道細小的光線。

「這裡應該就是出口了，令明，你和我一起推開這石板。公孫康，你和其他人做好準備，只要一出暗道，就立刻殺出去。」華雄吩咐道。

「嗯，我知道了。」公孫康從華雄和龐德手中接過火把，退後兩步道。

華雄和龐德來到斜坡的頂端，蹲下身子，同時伸出雙手，用盡他們渾身的力氣，將兩塊巨大的石板給推開。

「轟」的一聲巨響，石板被從下面掀翻上去，眾人聽到地面上一陣雞飛狗跳，光線也隨之射了進來。

華雄等人立即衝了出去，當上地面時，才發現他們所在的位置，居然是一座飼養家禽的地方。

「先占領武庫，再奪糧倉，凡是抵抗的，不論男女，一概殺了！」

華雄經驗老道，曾經多次跟隨過董卓去攻打羌人，當即下令道。

公孫康大喊一句「跟我來」，帶著所有的人朝武庫跑了過去，田家堡的家奴看到一群兇神惡煞握著馬刀的士兵從廚房附近衝了出來，都大吃一驚，尖叫著，嚇得躲在道路兩邊，誰都不敢上前阻攔。

公孫康帶著華雄、龐德等人迅速來到武庫那裡，武庫附近有幾十個田韶的私兵在把守著，突然看到衝來一撥士兵，誤以為是自家的兵馬，等回過神來時為時已晚，兵器還沒有抽出來，便被華雄、龐德等人亂刀砍死了。

武庫的搶奪毫不費力，對華雄、龐德這些訓練有素的人來說，實在是小菜一碟。當最後一個私兵被砍死後，華雄對龐德道：

「你守在這裡，我和公孫康一起去糧倉，要是有人來攻擊你們，就別客氣！

這田家堡看著挺大的，誰知裡面的兵這麼不經打。」

龐德道：「別大意，堡內少說也有一千人呢，這才死了幾十個而已。」

「估計是主公將兵力都吸引到城門了，令明，給你留五百人看守武庫，其他人跟我走！」華雄道。

龐德道：「還要想辦法打開城門，一百人守武庫足矣，其他人你統統帶走，城門那兒才是一場真正的戰鬥。」

於是，華雄留下兩百人讓公孫康看守糧倉，自己帶著餘下的一千二百人向田家堡的城門方向跑去。

糧倉和武庫差不多，也就是幾十個私兵看守，在華雄等人猝不及防的攻擊下，全部被砍死了。

田家堡城門附近，高飛還在和公孫昭閒扯淡，既沒有退走的意思，也不進攻，天南地北的和公孫昭亂侃一番。

公孫昭哪裡知道高飛這是在拖延時間，然而高飛畢竟是太守，太守大人和他聊天，他不應承也不行。公孫昭心裡很急，他急著押運糧草去新昌，隊伍都集結在城門口了，可是堡外的高飛不走，他也無法出去。

就在高飛還在滔滔不絕、口若懸河的時候，堡內突然一陣騷亂，公孫昭回頭看去，但見華雄衝在最前，手中握著馬刀，照著那些堡內的私兵便是一陣亂砍，後面的士兵也都個個如同虎狼一般，向城門猛撲過來。

他意識到了什麼，急忙對城樓上的人大聲喊道：「快！快放箭，自己人是不會殺死自己的，快殺死他們！」

城樓的弓箭手於是調轉方向，拉滿手中的弓箭朝城門後面射去，對準押運糧草的隊伍便是一陣亂射，這時他們已經亂了手腳，也顧不上到底誰是自己人，誰是敵人了，下面早已經亂作了一團。

看到城樓上的弓箭手調轉方向，趙雲急道：「主公，一定是華雄他們在攻打城門了。」

高飛當即吹了個口哨，喊道：「取出你們的弓箭，跟我衝過去，將城樓上的弓箭手給我射下來！」

一聲令下，高飛、趙雲等五百人便將背上背著的弓箭給取了下來，滾雷一般的向田家堡城門奔馳而去。

城內，華雄見城樓上放下箭矢，當即命令道：「小心箭矢，找掩護。」隨即從地上舉起一具屍體，用那具屍體做擋箭牌，咆哮著向前衝了過去，每向前走幾步，手中的馬刀便揮動一下，將前來阻擋他的人全部砍死。

其他人見了，立時四處散開，或效仿華雄，或躲在糧車下方，或避在道路旁邊的房屋後面，一千二百人只有最開始二十多個人受傷，沒有一個人陣亡。

很快，城門口的戰鬥成了一場屠殺，田韶的部下不管是私兵還是漢軍，都無法和華雄等人相抗衡，他們就如同一隻隻待宰的羔羊，雖然前仆後繼的向前衝去，可是換回來的卻是一個接一個倒地的屍體……

城樓上，公孫昭臉上的表情無比僵硬，突然，背後響起滾雷般的馬蹄聲，剛一轉身，便見一支長箭迎面飛來，貫穿了他的右眼，緊接著，前胸上插滿了箭矢，巨大的疼痛促使他發出最為悲慘的叫聲，身體也漸漸失去了知覺，從城樓的階梯上翻滾下去，等到墜落在城樓下面時，整個人已經面目全非，一命嗚呼了。

城樓上的弓箭手有不少被城外飛過來的箭矢射中，城裡城外都受到了攻擊，他們不敢露頭，彎身朝城牆下跑，結果剛到階梯那裡，便見人衝了上來。

城門口的戰鬥還沒有開始就結束了，華雄等人如同閃電般的襲擊，瞬間擊潰了守衛者的心裡防線，他們見這群如同猛虎一般的士兵，紛紛拋棄手中的兵器，跪在地上大聲喊著「我投降」。

堡門被打開了，華雄呲牙咧嘴地向高飛喊道：「主公，這群人真不經打，剛殺了一百多個人，他們就跪地求饒了！」

高飛策馬來到華雄身邊，道：「辛苦你了，武庫、糧倉都控制住了吧？」

華雄開心地道：「不在話下。」

高飛看地上躺著一百多具屍體，跪在地上的卻有七八百人，算是一個不小的收穫，當即對華雄道：「留下五百人看守俘虜，其餘人全部跟我來！」

不一會，高飛等人來到田家堡的正中心，映入眼簾的是一座豪華的府宅，看起來猶如洛陽城內三公九卿的官邸，占地面積絕對是田家堡之最。

他抬頭看見巨大的匾額上寫著「田府」字樣，便對趙雲喊道：「子龍，帶三百騎兵將堡內所有的人全部趕到這裡來！」

趙雲「諾」了一聲，招呼騎兵分開行動。

田府大門口，守門的家奴早已跑得無影無蹤。看著門口空蕩的田府，高飛指揮若定，逐一下令道：「你帶二百騎兵守在這邊，你帶三百人守在那兒……」

一時間，田府大門外的環形廣場上，四周都站滿了士兵，只留下可以通過的幾條大路。

一個頭髮花白的老者在一群家奴的簇擁下走了出來，身上穿著豪華的服飾，手中拄著拐杖，用顫抖的手舉著拐杖，指著高飛叫道：「你們想造反嗎？知道這裡是什麼地方嗎？還想不想活命了？」

高飛見老者理直氣壯，絲毫沒有屈服的意思，再看那老者一身的打扮，便能猜出八九不離十來了，冷笑一聲，朝地上吐了口口水，罵道：「老不死的東西，都死到臨頭了，還那麼囂張？」

那老者怔了一下，隨後厲聲道：「你……你知不知道，我兒子是平北將軍！這裡是遼東，是田家堡，你竟然敢趁著我兒子不在帶兵進來？你到底是誰，快告訴我，等我兒子回來了，我一定讓他將你滿門抄斬！」

這時，一個憨憨胖胖的男孩從人群中擠了出來，看年紀不過十三四歲左右，一看到門口聚集了這麼多人，登時笑開了懷，搶下老者的拐杖，在手裡舞動個不停，還擺了幾個姿勢，手舞足蹈的道：「爺爺，有好戲看了，一會兒又有死人可以看了。」

「看來是田韶的那個傻兒子！你放心，一會兒一定會有死人讓你看！」高飛回道。

「把這個傻小子給我帶回府裡去，沒我的命令，不准讓他再出來丟人現眼！」老者被那男孩搶去拐杖，氣得不輕，對身後的家奴喊道。

立時上來三個家奴，費了好大力氣才將傻小子給抬進府裡，傻小子還一個勁的哭喊著要看死人。

高飛上前一步，對老者喊道：「你是田韶的老子？」

那老者趾高氣揚地道：「知道我兒子是田韶，還敢來田家堡撒野？快帶著你的人滾出田家堡！」

高飛冷笑一聲道：「看來你還沒有認清形勢，這些士兵可不是你田家堡的，而是我帶來的，你兒子估計以後都不會回來了。上梁不正下梁歪，你們田家在遼東作惡多端，我今天就是來替遼東的十幾萬百姓除害的。」

那老者急忙看了看周圍的士兵，似乎意識到了什麼，突然用手捂住心口，臉上現出極為難受的表情，若不是一邊的家奴扶住他，早就摔倒在地上了。

他斜躺在家奴的懷中，抬起顫巍巍的手指著高飛，失去底氣的他，說起話來也變得顫巍巍的，問道：「你……你是誰……為什麼……要和我田家過不去……」

「告訴你，我是新任的遼東太守，安北將軍，襄平侯高飛！遼東有你們田家一日，我這個太守就是空殼，而且你們田家作惡多端，不行善德，這樣的惡霸，我要是不將你們除去，怎麼對得起遼東的百姓？」

高飛不再和田老頭說話，轉頭看向廣場上那兩千多家奴，喊話道：「我是遼東太守高飛，田氏一族橫行鄉里，百姓無不受到迫害，今日我要替所有受到田氏迫害的百姓除害，你們雖然是田氏的家奴，但也是被逼的，平日裡肯定受了田氏上上下下不少怨氣。今日我給你們做主，有怨的報怨，有仇的報仇，田家人全部在田府裡，你們可以自行處置，是死是活，我都不會過問！」

此話一出，田家堡的家奴個個都沸騰起來，有高飛給這些家奴撐腰，他們的膽子變得大了起來，所有的家奴吵嚷著衝進了田府，先是給田老頭一陣拳打腳踢，田老頭那把老骨頭沒幾下便被打死了。

群情激憤，誰也擋不住，那些家奴就如洪水一般衝進田府，將平時所受到的怨氣全部在田氏家人的身上發洩了出來。

田府外，趙雲看到這一幕，對高飛道：「主公，看來田家的人平時都沒少做壞事，不然家奴也不會有如此的怒氣。」

高飛點點頭道：「你帶三百騎兵留在這裡，等那些家奴發洩完，就將他們全部聚集在一起，告訴他們，他們已經自由了，讓他們回家去。我去武庫和糧倉看看，這裡就交給你了。」

「諾！」

高飛很快來到武庫，見龐德和一百人守衛在武庫門口，當即道：「打開武庫！」

龐德找來工具，撬開武庫的大門。當武庫門打開的一剎那，所有的人都震驚無比，武庫裡，各種各樣的兵器十分整齊，比他在癭陶見到的武庫還要大，裝備也很精良，堆起來的箭矢有幾十萬支之多。

「媽的，**田氏果然不簡單，要是再不剷除他們**，只怕他們就要剷除我了，這些兵器、裝備至少夠裝備兩萬人。看來田氏是想將遼東據為己有了，只是，他們哪裡來的這麼多精良的武器和裝備？」高飛看完，一邊罵著，一邊發出疑問。

龐德回道：「主公，屬下打聽了一下，田氏在平郭縣建有鐵廠，而且他們和東邊的高句麗人有貿易往來，這些兵器和裝備應該是銷往高句麗的。」

「看不出來田氏還是漢奸，居然裡通外國，把兵器銷售到高句麗裝備外國人！奶奶的！把武庫看好，以後我們再招兵買馬就不愁沒有武器和裝備了。」

「諾！」

高飛隨即又帶著人去糧倉，糧倉裡的發現也是很驚人的，居然有糧食三十萬石，足夠遼東所有的百姓食用兩年的了。

另外，在公孫康的帶領下，高飛還發現了一個金庫，裡面存放著黃金五千斤，白銀兩千斤，尚有一些稀少的珍珠、瑪瑙、翡翠等珍寶。

攻下田家堡對高飛來說，是一個不小的收穫，他命人全部看管起來，自己帶著人回到了廣場。

廣場那邊，在家奴的群體發洩下，田氏的家人不論男女老幼都被毆打致死，府內一片狼藉，那兩千多家奴也因無家可歸，高飛便讓人送他們去襄平居住。

田家堡的私兵們，也紛紛表示願意投降，高飛讓華雄將其收編。就這樣，田家堡一戰，兩千人的部隊，只有數十人受了點箭傷和刀傷，沒有人戰死，算是極大的勝利。

「主公，張郃、荀攸他們來了！」負責清掃戰場的華雄等人看見堡外的大路上煙塵滾滾，對高飛喊道。

張郃、荀攸帶著一萬二千的步兵浩浩蕩蕩的過來，迎面看見高飛騎著烏龍駒悠然自得的走來，趕忙拱手道：「參見主公！」

「你們來晚了，田家堡已經被徹底清理完畢。」高飛翻身下馬道。

「主公神速，屬下佩服。」張郃和荀攸齊聲賀道。

高飛道：「田家堡雖然被端了，可是田韶還有一萬多人在新昌一帶，我們必須前去配合褚燕，將這支力量全部消滅。張郃，田家堡內有大批物資，你給夏侯蘭兩千兵馬，讓他駐守此地，好好防守，餘下的人不用進城了，跟我一起去新昌，正好公孫昭準備給田韶運糧，我們也可以利用這批糧食去攻擊田韶。」

「諾！」

吩咐完畢，高飛帶著張郃、荀攸、趙雲等人，以及一千五百騎兵和一萬步兵押運著糧草向新昌進發。

東漢時的新昌縣在現今遼寧省海城市境內，那裡群山起伏，山巒疊翠，更有千山山脈，是一處多山和丘陵的地區，對山賊出身的褚燕等人來說，是片絕佳的地點。

自從接到高飛的命令，褚燕等人便遠赴襄平西南，在田氏勢力比較集中的新昌、安市、汶縣、平郭四地展開了一連串的動作，猛攻縣城，搶掠錢糧，給予田韶一個沉重的打擊。

經過十幾天的較量，褚燕等人已經將田韶的軍隊牢牢的牽制在千山裡，千山山道窄小，不利於大軍前行，給褚燕等人做了一個極好的屏障。

從新昌進入千山的山道裡，一路上都是死屍，大多都是被石頭砸死，或是掉進了陷阱裡，山道上坑坑窪窪的。在山道左邊的一個山谷裡，褚燕、于毒、孫輕和三千多弟兄聚集在一起，正大口大口的吃著搶掠來的食物。

孫輕左臂受傷，喝了一口悶酒，看了下周圍顯得疲憊的兄弟，對褚燕道：

「大哥，主公讓卞喜的人傳話，讓我們堅守一兩天，說大軍馬上就到，可是這都第三天了，為什麼主公的大軍還沒有到？**不會是主公在騙我們吧，讓我們跟田韶拼個你死我活，他卻在後面享福？**」

褚燕怒道：「不許胡說！主公不是那樣的人，從㜇陶跟隨主公開始，一路走到遼東，主公對我們不薄吧？你怎麼會說出這樣的話？」

孫輕反駁道：「是不薄，可是也約束了我們，弟兄們本來就不習慣有太多約束，可是主公卻制定了好幾條軍規，弟兄們都快受不了啦。大哥，咱們在這個半個月裡轉戰了四個縣，搶掠來的錢糧也夠咱們兄弟吃喝大半年的了，你看兄弟們搶掠的時候多開心，不如咱們帶著這些錢糧回冀州黑山老寨吧？三弟已經戰死了，許多弟兄也都離我們而去了，再這樣拼下去，只怕我們的兄弟都要死光了。」

褚燕聽到孫輕的話，嘆了一口氣，道：「王當的死確實是很可惜，可是他那也不是為了掩護我們嘛，怪只怪咱們沒有看透那是田韶的圈套，自己往裡面跳，一下子死了幾百號兄弟。你剛才說的話，我就當作沒有聽見，我答應過主公，只

要兄弟們都不再挨餓了，就不會背叛主公。」

于毒也受了傷，被箭射瞎了一隻眼，臉上繫著繃帶，躺在岩石上，有氣無力地道：「我說孫老二，當初投靠主公，我可是全看在你的面子上，就算我們現在帶著兄弟們回冀州的話，冀州就能容得下我們嗎？糧食一吃完了，還不是要去搶？而且要對付的官軍要比田韶的人多的多，我可不想再餓肚子了。」

孫輕道：「可是已經三天了，主公的軍隊連個人影都沒見到，我看他壓根就是想讓我們死在山裡，等我們都打沒了，把田韶的部隊也消耗得差不多了，他才肯出手。」

褚燕怒道：「你再說主公一句壞話，別怪我對你不客氣！」

「怎麼？你褚燕啥時變得如此忠心了？別忘了，當初老當家的還不是你殺死的？」孫輕將以前的事情翻了出來。

褚燕怒道：「那是他咎由自取，搶來的東西他自己獨吞，從來不分給兄弟們，這件事你不是也有份嗎？」

「好了好了，你們都別吵了，都自家兄弟，吵什麼吵。田韶的軍隊就在山外，你要是不想被他們找到我們的藏身之所，就給我安靜點。這裡山路難走，主公要帶大軍來，肯定很困難，耽誤一些時間也是應該的。現在好好休息，等休息好，咱們再幹一仗，這次不消滅田韶一兩千人，我他娘的把這隻眼珠子也給摳了！」于毒坐了起來，朝褚燕和孫輕道。

褚燕不再說話，孫輕也不再鬧騰了，兩人看著正在休息的兄弟，傷的傷，殘的殘，只希望高飛的大軍能夠快點來。

如今已經是五月的天氣了，山裡到處是盛開的梨花，嫩綠叢中，花香襲來沁人心脾。褚燕他們所藏身的這個山谷梨樹頗多，爛漫的梨花處處可見，褚燕美其名曰將此山谷取名為梨花谷。

距離梨花谷直線距離不到三里，便是一片極大的空地，田韶和他的軍隊都駐紮在這裡，從山下一直到這裡，每向山上占領一處空地，他就會設下一個營寨，以防止褚燕等人從山中逃跑了。

田韶坐在營帳中，午後的陽光雖然有點毒，但是在山上，涼風習習，鳥語花香，倒是一點也感受不到炎熱，反而覺得有一絲涼意。

然而，田韶的心情卻是急躁的，和褚燕等人交手了十多天，好不容易將他們全部包圍在這座山裡了，卻無法立刻將其剿滅，騎兵上不來，步兵行動慢，一連三天，基本上每天都在遭受著山賊的突襲，除了今天早上他設下了一個圈套，殺死了幾百賊兵外，其他時間基本上都是他的士兵在陣亡。

喝了一口酒，他扯開領子，露出白胖胖的胸膛，向帳外喊道：「人都死哪裡去了？」

帳外進來一個親衛，應道：「大人有何吩咐？」

「再派人去催催，為什麼糧食還沒有到，再過兩天，我們就要斷糧了，這個公孫昭是怎麼辦事的，來了看我不好好收拾他！」

親衛應聲而去。

田韶再倒了一杯酒，卻發現酒壺裡的酒連一杯都倒不滿了，他將那小半口喝下去後，恨恨地將酒壺摔在地上。

地上是堅硬的岩石，酒壺一經碰撞便摔得粉碎，發出一聲脆響。他掀翻了面前的桌子，向外面大聲喊道：「酒呢？快拿酒來！」

從帳外進來另一個親衛，一臉的窘迫，吞吞吐吐道：「大……大人，這……已經是最後一瓶酒了！」

田韶有氣沒地方撒，指著親衛道：「去！把小翠叫來，讓她過來伺候我，你們這些廢物，平時我都白養你們了！你還愣在這裡幹什麼，還不快去？」

過了一會兒，小翠沒有來，倒是進來一個戴著頭盔，身穿鎧甲的軍司馬，身上還帶著血，臉上帶著驚恐，進帳來不及行禮，便驚慌失措地道：「大人，打過來了，從山下打過來……」

「這怎麼可能，山賊都被我團團包圍在山上，怎麼可能會突然跑到山下呢？」

「不……不是山賊，是……是軍隊……太守大人的軍隊突然向我們發動進攻，許多人見勢不妙便都投降了，現在山下十五個寨子已經被奪去了十個，太守大人他……」

田韶沒等那軍司馬的話說完，隨手抄起一個酒杯，向那軍司馬砸了過去，大罵道：「混蛋，還不快去迎戰？」

第二章

紫微帝星

老者看了下高飛，見高飛對他的話似乎沒有什麼反應，繼續道：「老夫不遠千里而來，在此苦苦等候長達一年之久，為的就是要見一見這千年難得一見的紫微帝星，並且奉上老夫的一份厚禮，以助紫微帝星成其王霸之業。」

梨花谷裡。

休息了差不多一兩個時辰，褚燕、孫輕、于毒他們總算恢復了體力。突然，從山下傳來陣陣的喊殺聲以及隆隆的鼓聲。

「發生了什麼事？」

正當眾人迷惑不解的時候，負責放哨的人跑了進來，興奮地喊道：「大當家的打進來了……主公帶著人打進來了……田韶的軍隊已經大部分投降了……」

聲音落下，梨花谷裡所有人都覺得無比的振奮，他們在山上鏖戰了三天，終於把主公的大軍等來了。所有的人都在同一時間歡呼了起來，當山賊那麼久，他們第一次感到無比的興奮，這種興奮和開心，遠比他們搶到錢糧還要來的猛烈。

褚燕隨手抄起身邊的長刀，喊道：「兄弟們，主公沒有食言，主公來接應我們了，是時候把田韶那幫混蛋趕回老家了，兄弟們，跟我一起出谷，將田韶那老東西砍了！」

在褚燕的叫喊聲中，低落的士氣霎時變得高漲起來，大聲呼喊著向山谷外一擁而出。受傷的攙扶著殘疾的，也跟在隊伍的後面向山谷外面湧了出去。

此時喊殺聲隨處可聞，整個山谷都被巨大的喊聲震動著，將山中的鳥獸驚嚇得四處逃散。

山道上，張郃提著刀沖在了最前面，見人就砍，每砍一個人嘴裡還數著數，鮮血已經將他身上的戰甲染透，整個人都成了血人。

高飛、趙雲、華雄、龐德緊隨在張郃身後，他們第一次見到張郃打仗，見張郃衝得比他們還快，不禁暗自佩服。

「儁乂，你在喊什麼呢？」高飛聽到張郃嘴裡不停的數數，好奇地問道。

「數數！數我到底殺了多少人，以後計算功勞的時候也就不用那麼麻煩了……十七……」

張郃似乎害怕別人忘了他的功勞，或者少計了功勞一樣。

聽到張郃的回答，高飛不禁覺得有點好笑。看著山道上，田韶就在不遠處提著劍指揮著，他剛準備親自跳過去把田韶解決了，不想從空中突然騰起一個巨大的身軀，竟然是褚燕。

褚燕扭動著靈活的身軀，手中的長刀在田韶面前輕輕一晃，一顆人頭便落了下來。

「糟了！功勞被搶了！」張郃看到田韶被褚燕給砍掉了頭顱，懊惱地喊道。

緊接著，被堵在山道裡的士兵紛紛丟下手中的武器，跪在山道兩邊投降。

高飛回過頭，看了一眼身後，長長的山道到處都擠滿了人。他會心的笑了

笑，高喊道：「勝利了！我們勝利了！」

夕陽在金紅色的彩霞中滾動，然後沉入陰暗的地平線後面。通紅的火球金邊閃閃，迸出兩三點熾熱的火星，遠處樹林黯淡的輪廓突然浮現出連綿不斷的淺藍色線條。

進山的道路上充斥著濃烈的血腥味，一些人清掃著山道上的屍體，在山腳下一片空地上挖下一個大坑，將屍體全部拋進裡面，加以掩埋。

山腳下的大帳裡，高將彙聚所有參戰的將校，張郃、趙雲、華雄、龐德、周倉、管亥、褚燕、孫輕、于毒都畢恭畢敬地坐在大帳兩邊，面前擺放著酒肉，臉上都帶著喜悅。

高飛坐在正中間，舉起手中的酒碗，對所有在座的人喊道：

「這次我們取得了一次大勝利，徹底剷除了田韶這個惡霸。之所以能夠有如此優異的成績，褚燕、孫輕、于毒居功甚偉，如果不是他們在這裡牽制住田韶的軍隊，將田韶的軍隊拖進了山林，使得田韶疲憊不堪，我們也不會這麼輕易的就戰勝了田韶。來，大家一起敬褚燕、孫輕、于毒一杯！」

「等一下！」褚燕站了起來，朝高飛躬身道：「主公，在這場戰鬥中，我的三弟王當戰死了，還有一千多弟兄也不幸喪生，我想先敬一下我死去的弟兄。」

高飛見褚燕重情重義，點點頭道：「那好，那我們一起敬在這場戰役中死去的弟兄，但願他們泉下有知，好好保佑我們這些活著的人。」

話音落下，所有的人都站了起來，將手中的酒倒在面前的地上，神情很是嚴肅。

這時，荀攸從帳外走了進來，拱手道：「主公，這十幾天來在新昌一帶的戰況全部統計出來了，我軍戰死兩千零七人，斬殺敵軍四千八百人，收降了一萬人，餘下的兩百人因為殘疾已經發放了路費，並按照主公的意思給予了撫恤金。」

高飛聽後，看了眼褚燕等人，戰死的多是他手下的賊兵，而且至少有三千多人是褚燕等人在這十幾天內消滅的，他不得不對褚燕等人的戰鬥力另眼相看。

他抬起手，指著左列第二個空位，對荀攸道：「荀先生，辛苦你了，坐吧，大家一起慶祝一下。」

荀攸「諾」了一聲，走到座位上，和在座的人一起享受著美味。

軍營裡，受傷的戰士得到了軍醫妥善的照顧，大營裡，不管是高飛原有的士兵，還是被俘虜來的，都得到了應有的賞賜，用美酒美食來慰勞他們。

酒宴後，高飛讓荀攸留了下來，高飛開門見山地道：「荀先生，褚燕他們經過這一次戰役之後，你認為怎麼樣？」

荀攸道：「褚燕等人原本都是山賊，這次和田韶的周旋也十分漂亮，而且他們能將搶掠來的錢財如數上報，可說沒什麼私心。不過主公應該稍微加以約束，將他們真正的變成士卒，這樣，對他們也有好處，對主公更加有好處。」

「嗯，我也是這個意思。褚燕等人這次表現的超出我的預料，而且他們擅於山地戰，遼東多山，周圍還有許多潛伏的危機，東有高句麗，西有烏桓，北有鮮卑人，東北一帶還有夫餘等民族，如果以後發生衝突，褚燕這剩下的三千多人就是一支不可忽視的力量，在變成正規軍的同時，還要訓練他們在山地作戰中的強項。另外，平郭有座鐵廠，我準備讓你和我一同去看看，這座鐵廠要是能夠利用起來，我們就能打造出更好的兵器來。」

「公達唯主公命令是從！」

高飛笑道：「還有一件事，我準備讓你收個徒弟，由你來教授她謀略、兵法以及智略，不知道可以嗎？」

「徒弟？屬下擔心才力不夠，恐怕會讓主公失望。」

「如今賈先生去了潁川，這遼東能夠教她的就只有你了，你要是教不了，估計就沒有人能教了。荀先生，這個徒弟不是別人，是我前些日子帶回來的歐陽茵櫻，想必你也見過了，你覺得怎麼樣？」

「女……女的？」荀攸吃了一驚，失聲道。

「女人也是人嘛，男女都一樣，女人除了生孩子之外，能做的事情多著呢。小櫻已經被我認為義妹了，就算看在我的面子上，請荀先生務必悉心教授。」

荀攸見高飛都把話說到這份上了，便點點頭，躬身道：「屬下定當竭盡全力的去教授，儘量不辜負主公的期望。」

「哈哈，那就好，荀先生，你好好休息一夜，明日咱們啟程去平郭縣，我要去看看那間鐵廠的規模。」高飛道。

第二天，太陽還沒有升起來的時候，高飛已經穿戴好，出了大帳，他將張郃喚過來，吩咐張郃帶著所有的兵馬回襄平。另外，又叫上趙雲、荀攸，三人騎著馬一道朝西南方向的平郭縣趕去。

漢高帝十二年（西元前一九五年），漢高帝設立平郭縣（治所位於今遼寧蓋州市區附近），屬遼東郡，從此便成了遼東的第二重鎮。平郭靠近遼東灣，這裡商賈雲集，是遼東郡的一個重鎮，而且這裡的礦產也很豐富。

高飛對東北再熟悉不過了，這裡是他的家鄉，東北是重工業基地，哪裡有物產，他比誰都清楚。只是，在漢朝這個年代，已經被發現而展開開採的，就只有鐵礦而已，所以這裡才會有一座鐵廠。

從新昌沿著官道向平郭走，高飛一路打聽，這才知道這座鐵廠的來歷。鐵廠始建於漢光武帝時期，當時為了穩定遼東周邊的局勢，漢光武帝便在平郭建設了一座鐵廠，專門負責打造一些兵器和裝備，存放在遼東，以備不時之需。但是好景不長，鐵廠存在兩朝皇帝之後，便被田氏暗中竊取了，因為遼東地處偏遠，資訊的通傳不是很暢通，加上田氏暗中使錢，欺上瞞下。田氏也是靠著這家鐵廠逐漸奠定了在遼東的地位。

鐵廠就相對於現在的兵工廠，一家人擁有了一座兵工廠，不僅能夠裝備自己的私兵，還能將兵器、裝備外銷，確實是發家致富的好方法。

平郭除了鐵礦之外，還有黃金、花崗岩、大理石、瑩石、矽石、白雲石、色晶石、耐火土、磷等二十多種礦藏，其中黃金儲量達一百噸。

當然，這是熟悉東北的高飛所知道了，漢代人未必知道這些。所以，對他來說，親自來一趟平郭，視察一下鐵廠，順便勘察一下地形，說不定能找尋出金礦來。要是找到金礦，他就等於擁有一個雄厚的資本。

公孫度將遼東據為己有的時候，肯定不知道他的境內還有金礦，不然的話，早就向外發展了，他的子孫還會坐等著被司馬懿帶著兵給滅掉嘛。

三個人騎馬經過幾天路程，終於來到平郭縣，此時的縣城因為褚燕他們的攻擊，而變得殘破不堪，縣令是田家的人，田家在縣城裡的府邸都被焚了一個乾淨。高飛看到這一幕時，不得不佩服褚燕他們幹事乾淨俐落。

進入縣城，詢問了一下鐵廠的位置，高飛帶著趙雲、荀攸，便朝東邊的山中行去。

經過十里左右的路程，高飛等人終於看見山谷中冒著的黑煙，空氣中也瀰漫著一股燒焦的糊味。

谷口沒有人把守，高飛便徑直進去了。

向裡走了一段路，沿途看不到幾個人，等走到一個轉彎處的時候，眼前終於豁然開朗，一個斜坡下面是一個碩大的小型盆地，地面十分的平坦，一座壯觀的古代鐵廠展現在高飛的面前。

「你們是什麼人？」

高飛順著聲音望去，但見左邊的岩壁上有一間小木屋，一個皮膚黝黑，面容滄桑的老頭正用一雙暗灰色的眼睛看著他。

他急忙道：「老丈，請問這鐵廠裡怎麼沒有人啊？」

那老者骨肉如柴，鬚髮皆白，一抬腿便從高達兩米的岩壁上跳了下來，落地時的聲音很小，雙腿只微微的屈了一下，便隨即站了起來，整個動作十分的連貫嫻熟，看起來和他的年齡也極為不符。

他將雙手背在身後，打量了一下高飛、趙雲、荀攸三人，又重複地問了一句：「你們是什麼人？」

趙雲急忙道：「這是我們家大人，遼東太守。」

那老者輕輕地「唔」了聲，走到路邊的岩石上，一屁股坐在上面，閉上雙眼道：「你們回去吧，這裡不是你們該來的地方，這裡早已經不屬於官府了。」

高飛問道：「老丈，你是說這裡是田氏的產業嗎？」

「遼東人人都知道，何必多問？遼東已經差不多一年沒有太守了，大人此次前來，只怕也只能掃興而歸了。」

「如果我告訴你，田氏已經被我徹底剷除了呢？」

老者突然睜開雙眼，臉上帶著驚詫，道：「你說什麼？」

高飛看那老者驚詫的表情，鄭重其事地道：「田韶和田家堡已經被我剷除了，餘黨還在清查中，遼東郡從此以後不會再有田家的勢力存在了，包括這座鐵廠。」

老者待高飛說完，嘴角露出一絲詭異的笑容，打量著高飛，目光中露出欣賞的眼神。

他從懷裡掏出幾枚五銖錢，在手掌中輕搖了幾下，隨即撒在地上，五銖錢砸在石頭上發出一串清脆的聲音。

「哈哈！天意……天意啊……**沒想到老夫苦苦等候的貴人，今天終於出現了**……哈哈哈！」那老者看著散落在地上，形成不規則圖案的五銖錢，臉上露出無比欣喜的笑容，使得他情不自禁地自言自語起來。

高飛、荀攸、趙雲三人面面相覷，看著剛才還有點陰鬱的老頭突然變得開心不已，心裡都覺得那老頭有點喜怒無常。

「你叫什麼名字？」老者蹲在地上，一枚一枚的撿起散落的五銖錢，輕聲地問道。

「在下趙……」

趙雲和老者站得最近，他隱隱覺得這老者不是簡單的人物，聽聞老者問話，便張嘴回道。

那老者猛然抬起頭，雙眼迸出一絲奇異的斑斕色彩，伸出一根手指頭指著高

飛，用極具威脅的低吼聲打斷了趙雲的話：「我問的是你！」

高飛拱拱手，欠身道：「我叫高飛！」

那老者緩緩地站起身子，緊握手中的五銖錢，先看了看趙雲，又看了看荀攸，最後將目光鎖定在高飛的身上，再次從頭到腳的打量了高飛一番。

待他打量完畢之後，只見他不知道從何處取出一團黑色的小圓球，朝後倒縱約一米左右，緊接著將手中的黑球猛然擲在地上，但見一團白色的煙霧瞬間騰起，將他全身籠罩在白霧之中。

趙雲見狀，橫身擋在高飛身前，右手拔劍而出，目光凌厲地盯著那團讓他看不清的白霧，整個人顯得十分的警惕。

高飛、荀攸互相對視了一眼，他們的視線被那團白霧擋住了，根本看不清白霧後面任何事物。

「忍者？」

看到剛才那一幕，那老者的動作讓高飛第一印象便想到了電影裡看到的忍者，那團白霧，也和所謂的煙霧彈差不多，不同的是，那白霧沒有擴散，而是籠罩在那老者的周身，讓人看不清白霧後面的老者到底在幹什麼，或者還在不在原地。

白霧只幾秒鐘便迅速散去，奇怪的是，剛才那面容枯槁的老者居然換了一身打扮，神采奕奕地站在原地，整個人看起來極為的瀟灑飄逸，頗有一番仙風道骨。

老者全身罩著一件白色的道袍，胸腹中間繡著一幅太極圖，左手中握著一把拂塵，拂塵正搭在他的左臂臂彎上，雙手交叉在前胸握著。他的面容也變得紅光滿面，就連容顏也似乎變得年輕了一二十歲，就那樣面帶微笑的站在那裡，用柔和的目光盯著高飛看。

高飛、趙雲、荀攸都吃了一驚，短短的幾秒鐘時間，這老者居然能夠那麼迅速的就換了一身行頭，而且看上去還年輕了許多，真是令人感到不可思議。

趙雲、荀攸二人看的目瞪口呆，不禁失聲道：「仙人？」

高飛身為現代人，根本不相信世界上有什麼神仙，心中暗道：「什麼仙人？只不過是個會變魔術的人而已，大驚小怪的！」

饒是他這樣想，可是能在古代擁有一套會變魔術的本領，在那樣的封建年代，基本上和仙人也差不多了，就算不是仙人，也是個半仙。他不禁對這個老者產生了一絲好奇。

看到高飛泰然自若的樣子，老者不禁怔了一下，心中暗忖：「我每次以這種

方式出現，所有的人無不吃驚，他居然泰然自若的站在那裡，而且面無表情的看著我，看來卦象上所顯示的一點都不假。」

老者左手將拂塵一揚，當即跨前一步，道：「貴人遠道而來，老夫有失遠迎，還請貴人多多海涵。」

高飛見那老者並無惡意，便將擋在身前的趙雲拉到一邊，拱手道：「我算不上什麼貴人，只不過是一郡太守而已。老丈，我的心中有一絲疑慮，還想請教老丈一二，希望老丈不吝賜教。」

老者道：「貴人的問題，老夫必定會竭盡全力的回答，貴人有何疑慮儘管問來便是。」

高飛道：「這鐵廠裡為何沒有人？」

老者臉色一寒，本以為高飛會問什麼玄機之類的問題，誰知道居然會問這個破問題，心中暗道：「難道我還不夠神秘，引不起他對我的注意？」

高飛見老者略有遲疑，輕聲喚道：「老丈？」

「哦，前一陣子鬧山賊，鐵廠深受其害，廠裡的人也都被山賊趕跑了，就剩下老夫一人而已。」老者不耐煩回答高飛，又道：「閣下是老夫等候多時的貴人，**難道貴人就不想問問天機之類的問題嗎？**」

高飛笑了笑，對他而言，**所謂的天機，無非就是知道歷史的進程，他來自未來，上下五千年的歷史沒有他不知道的，根本不必問什麼天機**，但是他見這老頭有意故弄玄虛，便順著那老頭的意思問道：「額……不知道老丈有何天機賜教？」

老者道：「老夫夜觀天象，預知大漢的氣數將盡，國運衰落，天下即將陷入大亂，群星閃爍的同時，遙見紫微帝星垂於東北，主應東北會出現一位千年難得一見的帝王……」

老者頓了頓，斜眼看了下高飛，見高飛對他的話似乎沒有什麼反應，繼續道：「老夫不遠千里而來，在此苦苦等候長達一年之久，為的就是要見一見這千年難得一見的紫微帝星，並且奉上老夫的一份厚禮，以助紫微帝星成其王霸之業。」

「哦！」

聽完之後，高飛還是沒有什麼太大的反應，他對故弄玄虛十分討厭，認為面前這個老者不過是個招搖撞騙的神棍，所以只淡淡地應了一句。

趙雲、荀攸卻大不同，他們聽完老者的話，顯得極為亢奮，齊聲拜道：「還請老神仙明言！」

老者笑道：「剛才老夫算了一卦，卦象上顯示這位大人就是老夫苦苦等候的貴人，老夫自然不能唐突，所以才換了一身行頭相見。」

趙雲、荀攸深信不疑，扭頭看著高飛，目光中流露出無比的激動，心中想道：「原來主公是紫微帝星轉世，這輩子只要跟著主公，定能當個開國功臣。」

高飛反而譏諷道：「老丈，不是說天機不可洩漏嗎？你洩露了天機，就不怕遭天譴嗎？」

老者哈哈大笑道：「老夫順應天機，從中襄助，不僅是功德一份，更能使得老夫在修仙路上更上一層樓。貴人，難道你真的不想知道老夫要襄助貴人的禮物是什麼嗎？」

「你個老神棍，還裝神弄鬼？老子就陪你玩到底！」高飛心裡不屑地想道，點點頭道：「還請老丈賜教！」

老者道：「從此向西北不足十里有一深山，山中有一個葫蘆谷，只要貴人在葫蘆谷裡掘地三尺，便可擁有富可敵國的財富。遼東地處偏遠，人口稀少，錢糧賦稅收入也十分薄弱，如果貴人要以此為根基，只怕沒有個十年功夫，無法向外擴張，但是如果貴人擁有了老夫所贈予的那富可敵國的財富，就會大大的不同，不出五年，貴人必定能夠橫掃整個北方！」

「這老神棍不會是說金礦吧？難道他知道這裡有金礦？」

高飛目光中流露出一絲驚奇，他堅持來遼東，就是看中了東北這塊寶地，礦產資源十分豐富。

「老丈，請恕在下唐突，還未請教老丈姓名？」

高飛雖然知道金礦的大致位置，可是具體的位置並不是很清楚，畢竟古代和現代的地理上多少有點差別，聽到老頭說出對自己有利的話，恭敬地道。

老者哈哈笑了笑，將手中的拂塵一揚，另一隻手捋了捋白鬚，道：「**老夫乃廬江左慈是也！**」

「左慈？」高飛不禁吃了一驚，沒想到眼前的這個老神棍居然是左慈。

「正是老夫！」左慈慈眉善目地道。

左慈是東漢末年的方士，後漢書中的方術傳曾有記載，而且這個人還出現在羅貫中的《三國演義》中，曾經戲耍曹操；而且，在道教歷史上，東漢時期的丹鼎派道術便是從左慈一脈相傳。

看著面前的這個老神棍……哦不，應該叫歷史名人，高飛不禁有點欣喜，一改剛才的輕蔑表情，道：「晚輩高飛，見過左先生。」

「先生不敢當，貴人就姑且叫老夫的字吧，老夫字元放。」

「這樣不太好吧？」

「呵呵，貴人乃是紫微帝星轉世，老夫不過是一個修道之人，與貴人比起來，老夫要遜色許多。」左慈笑道。

高飛聽左慈說得有模有樣，笑道：「那好吧，元放先生，這座鐵廠就只剩下先生一人了嗎？」

左慈點點頭道：「其餘的人都散了，田家在平郭的勢力一倒，鐵廠裡的人全都跑了。老夫平時就藏在山林裡，如今鐵廠的人跑了，這裡也成了一片荒地，廠裡也住進了不少野獸，老夫閒來無事，便在鐵廠裡暫且住下，偶爾煉煉鐵，打發一下時間，不過老夫不太會弄，反倒將這鐵廠弄得烏黑一片。」

高飛聽了，道：「起初我還以為元放先生是田家堡的人呢，剛才多有得罪，還請恕罪！」

左慈道：「不妨事，老夫雖為修道之人，也懷著一顆慈悲之心，然而田氏勢力在遼東太大，單憑老夫一人之力無法將其扳倒。所以，老夫在聽到貴人將田家勢力扳倒之後，吃驚不已。」

「元放先生，此後遼東不會再有受苦的百姓了，鐵廠也會再度運作起來，先生所贈予的禮物，我也會加以利用。遼東雖然不是什麼世外桃源，從此以後可能會成為一片淨土，而且境內多山川，元放先生不如留在遼東修道，我們早晚彼此相見，豈不美好？」

左慈送了高飛的一份大禮，他自然要感謝左慈一番，而且留著左慈，借古代人對仙人的迷戀，利用左慈散布他是紫微帝星的消息，對於控制人心來說，絕對是個絕佳的機會。

左慈聽了高飛的盛情邀請，笑道：「貴人的好意，老夫心領了，老夫來遼東一年之久，為的就是要奉上這份厚禮給貴人，如今厚禮已經送上，老夫也可功成身退，回天柱山修道了。不過老夫和貴人註定有緣，經年之後必然會再度相見，希望貴人到那時候已經成為中原的霸主，也不枉老夫這份厚禮了。」

高飛道：「元放先生，遼東現今局勢不穩，田氏雖然已經被剷除了，但是百姓尚處在迷茫之中。我想請元放先生到襄平設壇講道，也算是先生對百姓的一種恩德，不知道元放先生以為如何？」

左慈想了想，覺得這是一個成名的好機會，當即答應下來，笑道：「既然貴人盛情相邀，那老夫也就恭敬不如從命了。」

隨後，左慈帶著高飛、趙雲、荀攸進谷巡視了一下鐵廠。鐵廠的規模不算太大，而且從某種意義上來說，鐵廠還處於落後的原始狀態，所用的燃料仍是木炭之類的東西。

巡視完鐵廠，高飛覺得應該大力改善一下，將鐵廠變成煉鋼廠，這一帶多煤礦、鐵礦，應該將遼東境內的礦產資源勘探出來，然後進行開採和冶煉。

幾天後，高飛帶著左慈回到了襄平，此時的襄平城裡早已經是人聲鼎沸，百姓們奔相走告田家堡被剷除的消息，都跑到襄平來，想看看幫他們除去惡霸的太守大人到底長什麼樣子。

一行人進入襄平城時，百姓夾道歡迎，並且對高飛感恩戴德一番。

回到太守府，高飛讓趙雲安排左慈暫且住下，自己則和荀攸一起進太守府的前廳。

「主公，如今田家堡的勢力已經除去，餘黨在也暗中搜捕當中，估計用不了一個月，整個遼東就會徹底恢復平靜，遼東的百姓也會對主公倍加感恩。不過，眼下當務之急是重新任命郡內各級官職，一方面穩定人心，另外一方面也能使得遼東局勢穩定。」荀攸道。

高飛點點頭：「你說得不錯，田家堡的事只是小事情，如何治理好遼東十幾萬百姓，讓郡內安定下來才是大事。在任命官職上絕對不能掉以輕心，縣令的官職雖小，卻十分重要，任命的人得當，就能為百姓造福，否則就會給百姓帶來危害。只是我的帳下大多是武人出身，帶兵打仗可以，要他們去管理百姓和處理日常政務，就有點強人所難了。荀先生，你有什麼好的辦法嗎？」

兩人進入前廳，坐定之後，荀攸拱手道：「主公，屬下以為，張郃、趙雲、龐德、廖化、胡彧、夏侯蘭都可以擔任縣令，屬下也足可擔任縣令，主公也可自為襄平令，不過這樣才去了八個縣而已。遼東郡一共十一縣，餘下三個縣，以屬下之見，主公可以從投降的官吏中加以選拔。現在田氏倒了，他們已經沒有了依靠，大勢所趨之下，必然會全心全意的投靠到主公這邊來，只要主公恩威並用，並且派遣督郵不時的去巡查，定然能夠督促他們處理好政務。」

「先生的提議不錯，那就照先生的意思辦，分別任命張郃、趙雲等人為縣令，讓他們各帶一百名飛羽軍的士卒上任，充當縣中衙役，對不法之徒也算是一個威懾。至於軍隊的事情嘛，那就由我親自來訓練好了。不過先生不能當縣令，必須坐鎮襄平，賈先生臨走時曾經說過，先生之才足以輔佐我坐鎮遼東，使得遼東穩定。所以，我準備讓先生擔任功曹和督郵一職，在郡中督促各縣。」

「屬下遵命！」

「另外，這兩天命人在城外土山上建造一座講壇，我準備讓左慈開壇說道，

邀請周圍五十里的百姓全部來聽。」

「諾！」

「還有，這段時間要麻煩先生，統計遼東所有的田地，並且在段時間內按戶分發到百姓手中，讓所有百姓人人有田耕，並且都發放兩個月的糧食，給予一些錢財，田家堡裡搜刮來的民脂民膏，應該拿出來，一半還給郡中百姓，賦稅上減免一年，讓百姓在這一年裡好好的過上一段幸福的日子，也不枉我這個遼東太守沒有白做了。」

荀攸聽後，不住的點頭，拱手道：「主公心懷百姓，實在是一名仁主，公達能跟隨主公，此生足矣。」

「呵呵，好了荀先生，你也累了，早點回去休息，明天我會寫一個委任狀，到時候由你抄寫一份公布出去，咱們就可以開始在遼東正式立足了！」高飛笑道。

荀攸躬身而退：「屬下告退！」

高飛見荀攸走了，便站起身，轉身走入後堂，這段時間為了剷除田家堡，他每日都在操心，現在田家堡被剷除了，他也可以鬆一口氣，開始在遼東真正的統治了。

進入內堂，高飛看見歐陽茵櫻在房廊等候著，他剛一露身，便見歐陽茵櫻跪在地上，不住地向他磕頭。

「小櫻？你這是幹什麼？快起來！」高飛急忙將歐陽茵櫻給扶了起來。

歐陽茵櫻泣道：「大人替小櫻報了仇，小櫻不知道該怎麼樣報答大人才好……」

高飛道：「你要是真的想報答我的話，就好好跟著荀先生學習，等你學成之後，便可以加入我的智囊團，為我效力。」

歐陽茵櫻道：「小櫻一定不會辜負大人……」

「呵呵，那就好。」高飛伸出手擦拭掉歐陽茵櫻臉上的眼淚，問道，「你姐姐呢？」

「姐姐知道大人回來了，正在房中梳妝，說要將自己最美的一面展現給大人！」歐陽茵櫻破涕為笑，答道。

高飛道：「呵呵，那我倒要去看看，小櫻，前些日子我讓你姐姐送給你的孫子兵法你讀了沒？要是沒讀的話，就快去讀，別荒廢了學業！」

「小櫻早就讀……」

歐陽茵櫻突然停住話語，聰明的她，眼珠子只輕輕轉了一下便會意了，衝高飛笑了笑，欠身道：「是，小櫻這就回房去讀。」

高飛轉身推門進了自己的房間。門一打開，便聞到一股濃郁的香氣，但見貂蟬靜靜地坐在床邊。

他隨手關上房門，徑直走向床邊，卻掃見桌上有一封信，上面寫著他的名字，便問道：「貂蟬，這是誰給我的？」

「是胡彧昨天帶回來的……」

「胡彧回來了？」

自從賈詡走後，高飛一直沒有賈詡的音信，此時聽到胡彧回來，便想去問一下關於賈詡的消息。

貂蟬點了點頭，道：「嗯，昨天回來的，只是當時將軍不在，他放下這封信便走了，說已經把賈先生安全送出了幽州。」

高飛隨即打開書信，直接看了一下落款，見落款上面寫的是張飛的名字，便立刻閱讀了一通。

張飛的字寫得十分娟秀，讓人看了有一種賞心悅目的感覺，光從字面上絕對無法想像出來，寫這封信的人居然是豹頭環眼的張飛。

匆匆流覽完了書信，高飛重重的嘆了口氣，道：「有劉大耳朵在，**關羽、張飛二人始終不能為我所用，真是人生一大悲劇啊。**」

貂蟬輕輕地靠在高飛的肩膀上，柔聲道：「將軍剛才心情還很暢快，怎麼這才一會兒就變得愁眉苦臉的？」

高飛將貂蟬攬在懷中，嘴上說沒有什麼，心裡卻在暗暗想道：「我三番四次的招攬劉關張，卻都以失敗告終，不是我不努力，**劉備也是個雄才大略的人，此時雖然拮据，只不過是因為沒有得勢而已，既然他不肯為我所用，那我也就徹底死了這個心了，我有趙雲、張郃等輩，以後還會有更多的名將和謀士，區區關羽、張飛不要也罷！」**

放下手中的書信，高飛將貂蟬攔腰抱起，將貂蟬放在床上，看著傾國傾城的貂蟬，低下頭便開始吻了起來。

闊別十餘天，高飛抱著貂蟬便翻雲覆雨了起來。

第二天，太守府的前廳裡，高飛坐在上首，靜靜地等待著。

不一會兒，胡彧大踏步地走了進來，拜道：「屬下參見主公，不知道主公這麼急傳喚屬下有何吩咐？」

高飛微微抬了抬手，指著旁邊的座椅，道：「次越啊，先坐下吧！」

胡彧拜謝過後，便坐在一旁的座椅上，顯得十分恭敬。

「次越啊，你剛來遼東沒有幾天，便又讓你出去送賈先生了，這一路上肯定勞苦，平常咱們見面的時間少，今日把你叫來想和你聊聊。」

「為主公辦事，是屬下的福分。主公，屬下要是沒有猜錯的話，主公叫屬下來，是想詢問賈先生的情況吧？」

「哈哈，聰明。不過，這是其一，也是次要，主要的是想讓你去番漢出任縣令。」

「番漢？縣令？主公是要屬下做番漢令？」胡彧驚喜地道。

高飛點點頭：「對，番漢城是遼東最偏遠的一個縣，那裡鄰接樂浪郡，東和高句麗接壤，之所以讓你去那裡當縣令，是因為你對幽州地形熟悉，對幽州以外蠻夷的生活方式也很熟悉，派你去那裡做縣令再合適不過了。你可以願意嗎？」

胡彧道：「願意，只要是主公的吩咐，屬下定當赴湯蹈火。」

高飛笑了笑，看著胡彧臉上的展露出來了笑容，便道：「你到番漢城後，除了治理當地百姓之外，我還有一項特別的任務給你。」

「主公請吩咐，屬下定當完成任務。」

「番漢城和樂浪郡交界，我要你暗中派人到樂浪郡進行一番調查，摸清樂浪郡裡的底細，以及樂浪郡周圍的蠻夷情況。」

胡彧聽後，當即問道：「主公是想攻占樂浪郡？」

「哈哈，聰明，不過在這之前，我要好好的治理遼東，讓遼東安定下來，而且還要大肆生產兵器、裝備，為以後攻占周邊郡縣作準備。所以，你此去的任務可謂是頗為艱巨。另外，我特別允許你帶領一千士兵去番漢城駐守，算是替遼東守好南部的門戶。」

「主公儘管放心，屬下一定不負主公的厚望。」

高飛吩咐完畢，隨即向胡彧打聽了一下賈詡的消息，又聊了些閒話，這才讓胡彧離去。

胡彧離去後，高飛當即書寫委任狀，他已經想好了幾個縣令要去的地方。

遼東共有十一個縣，分別是襄平、新昌、無慮、望平、遼隊、安市、平郭、西安平、汶縣、番漢和遝氏。其中無慮縣在襄平西北，和遼東屬國和遼西郡相接壤；望平縣在襄平北部，和玄菟郡接壤；遼隊縣在襄平西部，鄰接遼東屬國；番漢縣在整個遼東郡的最東南邊，鄰接樂浪郡，東接高句麗；這四個縣對於高飛來說，是重中之重，他經過再三考慮，這才做出了最後的任命決定。

於是，高飛決定讓**張郃出任無慮縣令，趙雲出任望平縣令，龐德出任遼隊縣令，胡彧出任番漢縣令，廖化出任遝氏縣令，夏侯蘭出任西安平縣令。**

至於新昌、安市、汶縣、平郭四縣，因為處在遼東的礦產帶上，所以高飛準備自己親自管理，只設立縣尉，不設縣令，而**襄平令則讓荀攸來兼任。他讓華雄出任平郭縣尉、周倉出任新昌縣尉、公孫康出任汶縣縣尉，褚燕出任安市縣尉。**

寫好委任狀後，高飛讓人叫來荀攸，讓荀攸照抄一份，然後頒發下去，除胡彧帶一千羽林郎到番漢縣上任外，其餘人均帶一百個飛羽軍士兵上任。

荀攸抄完，躬身道：「主公，屬下有一點不解，為何新昌、安市、汶縣、平郭四縣不設縣令？難道是主公另有安排？」

高飛笑道：「先生無需多問，我**自有妙計**，到時候先生就知道我的用意了。」

「是，主公。另外，田家堡已經被嚴密看護起來了，屬下以為，是不是要將田家堡變成主公的襄平侯府？」

「不必，將田家堡內的錢糧和兵器全部運到襄平來，推倒田家堡的土牆，那裡地勢不錯，可以作為一個百姓的聚居地，我這些天調查過了，原來的遼東百姓對襄平城還有點恐懼，既然他們不願意歸來，那就將田家堡讓給他們住，讓他們遷居到那裡，還可以向外面擴建，以後我會規劃出一個更大的襄平城來，一個嶄新的襄平城。」

「是，主公。還有，給左慈講道用的講壇已經在城外修建完畢，明日就可以讓左慈開壇布道了。」

「好，我知道了，這一段時間可能是我們最忙的時候，郡裡的各項指令都要煩勞荀先生，等這段時間過了，我定當好好的酬勞荀先生。」

荀攸躬身道：「主公太過客氣了，這是屬下應該做的。」

第三章

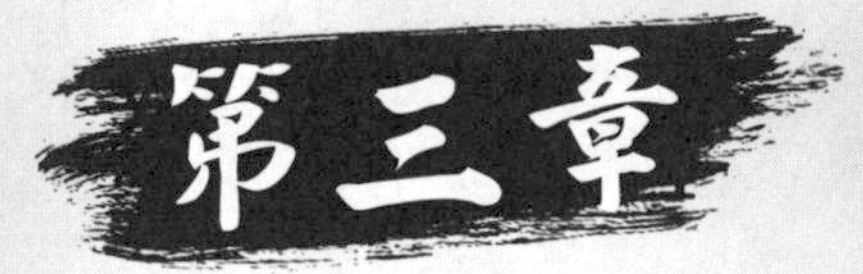

鉅鹿田豐

眾人先是一驚，隨後臉上露出喜色，萬萬沒想到他們剛踏上遼東的土地，遼東的太守就出現在他們面前。在這短暫的一瞬間，就見一位清秀的中年長者站了起來，朝高飛拱手道：「在下鉅鹿田豐，見過太守高大人！」

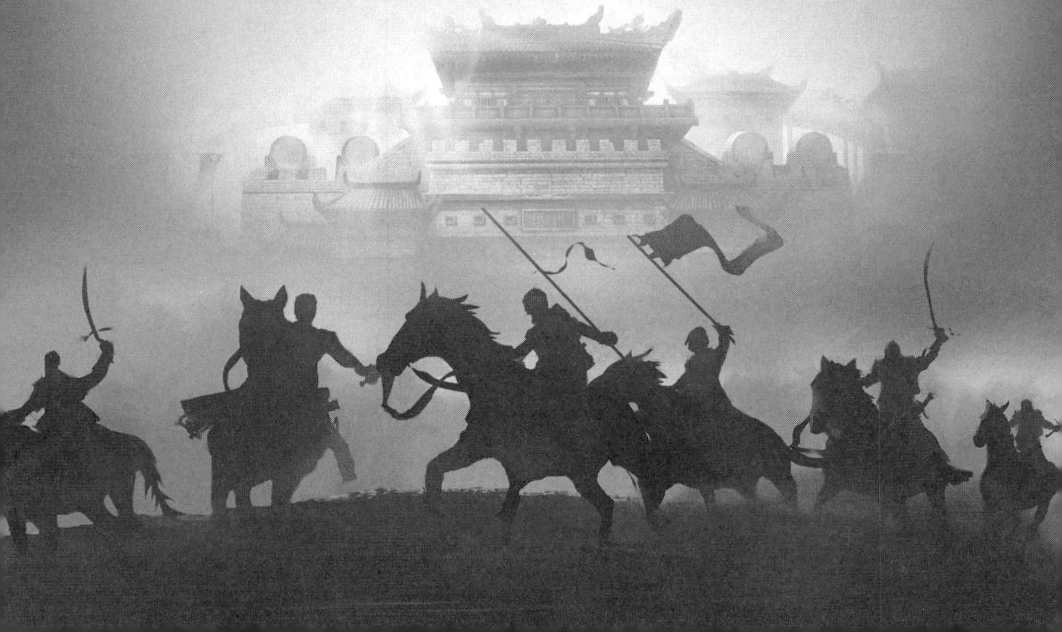

第二天，襄平城外，左慈在丘陵建成的講壇上開始講道。高飛邀請來了襄平城周圍三十里內的百姓，一共五六萬百姓。

左慈似乎明白高飛的用意，大肆宣揚高飛是紫微帝星轉世，並且用他精湛的魔幻之術讓那些百姓看得目瞪口呆，對他的話深信不疑，加上高飛又替百姓們剷除了田氏的勢力，百姓們對高飛更加信賴了。

當天講完道，傍晚時，左慈在高飛等人的護送下出了襄平城。

「元放先生，真的不能多留幾天嗎？」高飛挽留道。

左慈笑道：「老夫乃化外之人，此番來遼東也是為了襄助貴人，如今此行心願已了，也是時候回天柱山潛心修行了。」

高飛見無法挽留左慈，而且他想請左慈幫的忙也已經達成了，便拱手道：「那我就再送送先生吧！」

左慈笑道：「不用了，老夫自有坐騎，跋山涉水如履平地，就不勞貴人相送了。」

話音一落，左慈轉過身子，將手中的拂塵輕輕一揚，口中念了句類似咒語之類的話，但見東南方向的樹林裡跑出來一頭十分瘦弱的毛驢。毛驢看著根本沒怎麼動，就到了左慈的身邊。

高飛看了，十分的詭異，正準備問時，就見左慈跳到毛驢的背上，優哉遊哉的便任由毛驢將他馱走了。

毛驢緩慢的跑著，卻越走越遠，不一會兒便消失在官道上，就算是烏龍駒也沒有那種速度。

看著左慈離去的背影，高飛自言自語道：**「左慈到底是何方神聖，居然能有如此神通，難道這世上真的有神仙？」**

回到城裡，張郃、趙雲等人開始逐一告別高飛，帶著部下去上任了。高飛在城門設下酒宴，逐一告別。

高飛所委任的各縣縣令、縣尉離開後，裴元紹帶著人將田家堡裡的一切物資全部運送到襄平城裡，並且在高飛的授意下，推倒了田家堡的外牆，移除田家堡周邊的機關，誘使百姓到那裡居住。

隨即高飛和貂蟬舉行了一場簡單的婚禮，在荀攸的主持下，正式成為結髮夫妻，他也在當天認歐陽茵櫻為義妹。

另一方面，高飛帶領著兩萬五千人的軍隊，在襄平附近的丘陵上開始展開訓練，用他訓練飛羽軍的方式來訓練這些士兵，並且發放戰甲和武器，讓所有的軍隊都統一換上了黑色的戰甲，兵器也根據個人的需要而訂製。

遼東雖然不比涼州，但是這裡同樣也是邊塞之地，稍微不同的是，這裡的百姓大部分會射箭，卻不會騎馬，因為這裡多山地和丘陵，如果有鮮卑人入侵的話，他們就會躲進山裡避開鮮卑人的騎兵，所以，他只能將這兩萬五千人訓練成一支頂級的步軍。

這支軍隊的人員包括了褚燕的山賊，還有因為饑餓而投軍的農民，也有收降的田家堡的軍隊，總之，軍隊出現了良莠不齊的情形，為此，高飛每天帶著這支大軍進行體能訓練，讓他們徒步背著土包前進，任命褚燕、卞喜、于毒、管亥、裴元紹五個人為都尉，每個人各帶五千人分開訓練，還經常用金錢作為賞賜，來刺激士兵的熱情。

孫輕則為襄平縣尉，負責治安工作。政務方面，高飛全部委任給荀攸，他相信荀攸能夠處理的十分得當，如此一來，他的工作就變得單一起來，那就是訓練軍隊。國無防不立，民無兵不安，這句話深深地印在高飛的腦海中。

日復一日，二十天的光景轉眼便過，此時到了六月中旬，天氣也變得炎熱起來。

原來的田家堡已經變成了除襄平城外，遼東最大的一個村落，移居那裡的百姓達兩萬人，而且在荀攸平均推行田地的作用下，百姓都十分的雀躍。

軍隊方面，經過為期二十天的集訓，兩萬五千人的體能大為提升，在這二十天裡，高飛親自教會了褚燕、卞喜、于毒、孫輕、裴元紹一套現代訓練的方法，就像他當初在陳倉訓練飛羽軍一樣，讓他們去分擔訓練任務，他則有一件更為重要的事情要做，那就是勘探礦產。

這天，高飛騎著烏龍駒從城外回來，身上的薄衫都濕了。一進入太守府，他就迫不及待的命人打來一盆水，用冷水將自己身上的汗污洗去，總算緩解了燥熱。

回房換了身衣服，高飛徑直朝功曹室走去，想去看看荀攸忙不忙，順便交託荀攸一些事。

房門沒有關，高飛輕手輕腳地走到門口，探頭朝屋裡看了眼，看見荀攸正低著頭一絲不苟的奮筆疾書，便悄悄走了進去，坐在一邊的客座上。

荀攸一手搖著蒲扇，一手執筆疾書，額頭上還生出些許汗珠。

過了一會兒，荀攸放下手中的毛筆，長出一口氣，左手的蒲扇用力扇了扇風，剛一抬頭，看見高飛坐在客座上，急忙放下手中的蒲扇站起來，慌張地道：

「屬下未曾察覺主公到來，以至讓主公坐在那裡久等，實在是……」

高飛笑了笑，打斷荀攸的話：「先生，我們都認識那麼久了，這裡又沒有外人，先生何必跟我見外呢？」

荀攸自從聽左慈說高飛是紫微帝星轉世之後，對高飛就十分的恭敬，原本對大漢還有一點念想的他，此時一門心思都用到了高飛的身上，只聽他道：

「主公對屬下的心意，屬下自然知道，但是主公畢竟是主公，屬下絕對不能和主公稱兄道弟。主公，今天剛剛收到了胡彧派人送來的文書，說他已經到達了番漢城，縣內的七千百姓對主公都是一番感恩戴德，他一定會替主公守好遼東的東南大門，並且完成主公所交託的任務。」

「嗯，很好，胡彧這個人對周圍的蠻夷很瞭解，也許以後對付高句麗的時候，他會發揮到極大的作用。」高飛道。

荀攸聽後，問道：「主公要對付高句麗嗎？」

「對，高句麗、夫餘的領土上到處都埋藏著寶藏，**只有征服高句麗、夫餘，讓他們歸附我們，我們才能在那裡開採鐵礦、煤礦、金礦等一些重要物資。**」

荀攸見高飛雄心壯志，當即道：「主公，請恕屬下多嘴，就憑我們現有的這兩萬多軍隊，還不足以和高句麗相抗衡，如果主公要想使高句麗的領土上插上主公的大纛，屬下以為可以派遣使者到高句麗，和高句麗王結為盟友，只要他們不來侵犯我們，我們就可以安然的在遼東積蓄力量，等到有五萬軍隊的時候，差不多就可以出兵高句麗了。」

「嗯，我也是這個意思，先示弱於高句麗，派遣使者覲見高句麗王，獻上金銀財帛，讓高句麗王以為我們是害怕他，**扮豬吃虎這個計策倒是很不錯**。不過，要去高句麗的話，必須要有一位智謀之士，可先生還要坐鎮遼東，又不能親自前去，可眼下我手底下也沒有合適人選啊？」

高飛暗自犯了愁，恨自己來遼東的時候沒有網羅多一點的人才。

荀攸嘿嘿笑道：「主公勿憂，屬下倒是有一位極其合適的人選。」

「哦？是誰？」高飛好奇地問道。

荀攸道：「主公之義妹，歐陽茵櫻是也！」

「小櫻？她怎麼行？她才十三歲啊？」

「主公還有所不知吧，歐陽氏自從揚州廬江遷居遼東以來，之所以能在襄平附近住那麼久，全是歐陽氏的名聲在外，歐陽氏是當世大儒，歐陽茵櫻的父親更是精通易理，曾經在遼東授徒，其中一位便是來自高句麗的王子，叫什麼伊夷模。」

聽完荀攸的話，高飛便「哦」了一聲，問道：「這事我倒是沒有問過，這樣說來，那什麼伊夷模豈不是和歐陽茵櫻是認識的？」

荀攸道：「正是，屬下也是聽了主公說起高句麗，才想起這件事來的。歐陽茵櫻雖然年紀小，但是行為舉止卻十分得體，如果派遣他去高句麗的話，或許能夠達成和高句麗友好相處的事情。而且高句麗人冶煉技術十分低下，所需要的兵器均是來自大漢，加上這層關係，我們可以和高句麗人進行貿易，這樣一來，高句麗人就會安然地和我們和平相處，等以後我們逐漸強大了，再發兵攻打高句麗不遲。」

高飛聽了，大讚道：「荀先生不愧是我的謀主，有先生在我身邊，遼東的穩定指日可待。」

「多謝主公讚賞。」

「先生，我明日就會離開襄平，這裡一切都由你做主，軍隊裡的事情我都安排好了，我準備外出去巡遊各縣，順便探訪一下遼東的人才。至於歐陽茵櫻一事，就讓我去問問她吧，畢竟她是個女兒家，如果不願意的話，我們只能另想辦法。先生，我就不打擾了。」

「主公慢走！」荀攸將高飛送出門外，躬身道。

回到後堂，高飛見歐陽茵櫻和貂蟬正在說笑，當即開門見山地道：「小櫻，我有件事要拜託你，不知道你願不願意去做！」

「郎君，看你面色沉重，是不是出什麼事了？」貂蟬關心地道。

「嗯，是有點事，不過也不要緊。」高飛答道，隨即看著歐陽茵櫻，等待她的回答。

歐陽茵櫻道：「兄長要是有事讓小妹去做的話，小妹定當不會推脫，還請兄長明言。」

高飛道：「你認識伊夷模吧？」

歐陽茵櫻將點點頭道：「這事是不是和伊夷模有關？」

「伊夷模是誰？」貂蟬插話問道。

「嫂子，伊夷模是高句麗王的兒子。」歐陽茵櫻道。

「我想讓你以我的名義出使高句麗一趟，你願意嗎？」高飛對歐陽茵櫻道。

「願意！」歐陽茵櫻想都沒想便爽快地答應了，「只要是兄長讓我去做的，小櫻一定不會拒絕。」

高飛哈哈笑道：「好，那我跟你說說具體的內容。高句麗在遼東郡的東方，其國雖然不大，但是對我們來說是個威脅，其民好戰，民風彪悍，我擔心高句麗以後會對我們遼東採取行動，所以，想讓你出使高句麗，向高句麗王獻上金銀財

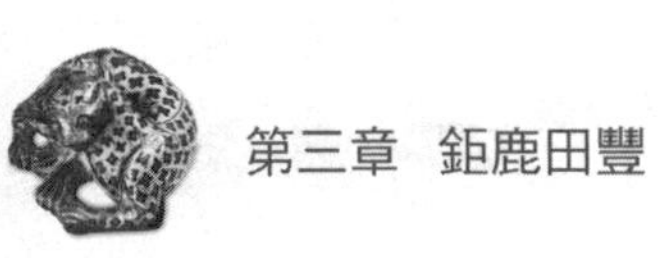

帛，以表示友好。另外，告訴高句麗王，如果想要兵器的話，可以派遣使臣來襄平，我會將最好最精良的兵器低廉的出售給他。」

「小櫻記下了，請問兄長，何時出發？」

「越快越好。不過，此去高句麗路途凶險，必須多派一個人保護你一起前去，至於人選嘛……我看就讓中軍都尉卞喜和你一起前去吧。」

「嗯，兄長能夠用到小櫻，小櫻十分開心，小櫻一定會設法完成兄長所交託的任務。」

高飛滿意地道：「好，我去讓人將卞喜叫來，你去收拾一下，明日就出發。」

話音落下，高飛朝貂蟬笑道：「美人，你也去收拾收拾，明天隨我一同出遊！」

「出遊？去哪裡？」貂蟬驚道。

高飛道：「巡遊各縣，估計要出去一個月吧，明天一早我們就出發。」

貂蟬很是欣喜，來到遼東之後，她除了太守府，其他地方都沒有去過，既然高飛要帶她去巡遊，她自然不會拒絕，高興地牽著歐陽茵櫻的手走了。

高飛朝前廳走去，派人叫來卞喜。

「主公喚我何事？」

「你一會兒去將你訓練的五千人暫時交給褚燕訓練，然後回營房收拾行李。」高飛吩咐道。

卞喜聽後，撲通一聲便跪在地上，急急叩頭道：「主公，屬下知錯了，屬下今天不該偷懶半個時辰，求屬下重重責罰，但是千萬別趕屬下走啊。屬下自從跟隨主公以來，才覺得自己活得像個人樣，屬下……」

「唉，你想哪裡去了。」高飛打斷卞喜，笑道：「我又沒說要趕你走，我是讓你明日出使高句麗！」

「高句麗？」卞喜猛然抬起頭。

「嗯，我之所以派你去，是因為你夠機警。一路上，你名義上是保護歐陽茵櫻，實際上，你要暗自記下通往高句麗的地形和道路，以及高句麗國內兵力的分布情況，回來以後繪製成地圖，這對我們以後會大有裨益。」

「屬下明白主公的意思了，只是，繪製地圖，屬下不會啊。」

「你不會，有人會，只要你能記下沿途地形和地貌，以及高句麗的兵力分布情況，這趟就不虛此行了，你明白了嗎？」

「明白，屬下明白了，屬下一定會牢牢記住的。」

「起來吧。」

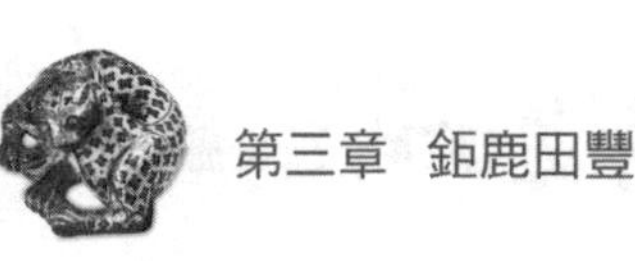

卞喜當即站起來，躬身道：「那屬下告退了。」

「嗯，去吧。」

第二天一早，高飛和貂蟬便出了襄平城，朝西南方向而去。另一方面，歐陽茵櫻在卞喜和五十個精銳壯士的護衛下，帶著遼東太守親自蓋下的印章，以及金銀財帛向東而去，襄平則有荀攸坐鎮，總攬遼東軍政大權。

高飛用了將近二十三天的時間在新昌、安市、汶縣一帶轉悠，白天他帶著當地的縣尉深入山林，基本上探明了各類礦產的所在位置，讓人做好標記，留著以後開採。

如今是農忙時節，百姓因為重新分到土地而感到高興，三個縣的耕地面積十分稀少，高飛就教會當地百姓種植水果，開墾丘陵為田地，種植蔬菜。

七月中旬，高飛巡遊至平郭，派縣尉華雄將鐵廠封鎖，並且將金礦的所在地也一併封鎖起來，之後便帶著貂蟬繼續向西南，準備去廖化所在的遝氏縣。

遝氏縣是遼東半島最南端的一個縣，也是東漢在此設立的一個總要港口，在現今的大連市北端。東漢的時候還沒有大連市，沿海港口城市也並不發達，那時候國家是以農業為主，耕地面積的多少直接導致人口的多少，所以遝氏縣的人口少得可憐，只有為數不多的兩千多口人。

七月二十六。

經過一路的跋山涉水，高飛、貂蟬終於到了遝氏縣。

遝氏沒有縣城，只有少數的幾個村落，全縣不過七百戶，而且又是靠近沿海，除了一個稍微大點的碼頭和一個稍微像樣的官邸外，再無其他的了。

官道上，廖化帶著兩三個人等候在那裡，他聽說高飛帶著貂蟬要來遝氏巡遊，這幾天，幾乎每天都會坐在官道上等上幾個時辰，因為無法預期高飛到達的時間，他也不能錯過，只能苦苦的等待。

今天，頂著頭上的烈日，廖化和三個人坐在官道邊樹蔭下的石頭上，照常耐心地等待著。

不多時，廖化聽見一聲馬匹的嘶鳴聲，臉上現出喜色，當即跳到官道中間，定睛看去，果然看見一輛馬車緩緩駛來，馬車旁還跟著一匹烏黑亮麗的駿馬。他認得那馬，是高飛的烏龍駒。

「來了，主公來了，你們快來！」廖化向身後的人喊道。

「主公，前面好像是廖大人！」趕馬車的親隨遙遙望見官道上的人，對馬車裡的高飛道。

高飛「嗯」了一聲，道：「停在他們前面，一會兒我要下去。」

「諾！」

待馬車停穩，高飛掀開馬車的捲簾，從馬車上跳了下來。

「屬下參見主公！」廖化恭敬地拜道。

高飛道：「免禮，廖化，讓你們久等了，本來前幾天就該到的，因為路上遇到了大雨，道路泥濘，行走不便，就在附近的民家歇息了幾天。」

「屬下不累，主公，官邸已經布置好了，請主公跟隨屬下一道回官邸吧！」廖化道。

高飛點點頭，將貂蟬叫了下來，一起走回官邸。

這裡離海邊不遠，相隔不到五里，本來也有一個小的縣城，只是那年起了海浪，沖毀了縣城的土牆，淹死了不少人，從此以後大家就很少住在這一帶了，而且也好久沒有縣令了。

官邸座落在小鎮上，鎮上都是些世代在此居住的漁民，白天都下海打漁去了，不在家，所以小鎮顯得冷清清的。

官邸還算不錯，至少在小鎮上算是很豪華的了，木製的兩層樓房，下面六間，上面四間。

進了官邸，早有人端上烹飪好的魚，供高飛、貂蟬品嘗。飯後，高飛送貂蟬回房休息，自己和廖化一起去海邊，他已經好久沒有看見海了，想去吹吹海風。

在廖化的帶領下，高飛來到海邊，看見蔚藍色的大海，高飛心情十分愉快。高飛指著旁邊的一條大船，見從船上下來許多人，問道：「這些似乎不是漁民，他們是從哪裡來的？」

「哦，是從青州來的，聽說青州又鬧黃巾了，一些人就渡海避難來到這裡。」

高飛「哦」了一聲，定睛看著那些剛剛下船的一群人，見那些人中有不少人都穿著長袍，他現在對穿長袍的十分敏感，穿長袍的大多都是士人，而他現在最缺的，就是能治理地方的士人。

他臉上一喜，對廖化道：「走，去看看去！」

高飛走向那群人，畢恭畢敬地拜道：「在下遼東太守高飛，見過各位先生。」

眾人先是一驚，隨後臉上露出驚喜之色，萬萬沒想到他們剛踏上遼東的土地，遼東的太守就出現在他們面前。

群士皆驚，在這短暫的一瞬間，就見一位清秀的中年長者站了起來，朝高飛

拱手道：「在下鉅鹿田豐，見過太守高大人！」

高飛打量著面前的田豐，田豐長著一張瘦長臉，寬廣的前額，朝下尖的鼻子，大而帶深邃的眼睛，下巴上掛著山羊的鬍，頗有一番踏破鐵鞋無覓處，得來全不費工夫的感覺。

他向田豐拱手道：「在下仰慕田先生大名已久，曾經派人到鉅鹿尋訪先生，不想先生避亂青州，今日能與先生在遼東一見，實在是三生有幸，官邸離此不遠，還請先生到官邸歇息。」

田豐見高飛禮數十分周到，而且聽聞高飛在冀州抵抗賊兵的事，當即也不推辭，拱手道：「既然太守大人執意邀請，那我等就恭敬不如從命了。」

高飛當即轉身對身邊的廖化道：「元檢，這幾天你帶著人好好守在海邊，並且在海邊建立一個茶肆，凡是從青州浮海東渡的人，全部都要照顧好。」

廖化拱手道：「諾！」

話音落下，高飛做了個「請」的手勢，帶著田豐等一行人向小鎮走去。

到了小鎮，高飛命人給田豐安排了房間，又讓人奉上茶水，讓田豐等人得到應有的休息。

傍晚，出海打漁的人陸續回來了，高飛讓廖化在外面紮營，並且在周邊營建營房，他有一種預感，從青州來遼東避亂的人會越來越多。

入夜後，田豐等人經過大半天的休息，體力大致恢復了過來，臉色也看起來正常許多，官邸大廳裡，高飛早就命人擺好一些簡單的食物，按照文人習慣的單桌單座來宴請他們。

田豐帶著妻兒走出了房間，來到大廳時，見到準備妥當的食物，不禁感慨良多。

他自從辭官之後，就一直住在家鄉鉅鹿，後來鉅鹿遭受張牛角領導的叛亂，他就舉家遷徙到青州的濟南，希望躲避一些時間，沒想在濟南才幾個月，青州又發生了黃巾餘黨的叛亂，他不得不攜帶宗族二十餘人浮海東渡，想在遼東暫時避難，待中原局勢穩定之後，再帶著宗族回冀州。

「田先生氣色不錯，看來休息得差不多了。這裡條件簡陋，遼東又地處偏遠，所以沒有什麼好酒好茶來招待先生，還請先生見諒。」高飛早早的等候在大廳裡，一見田豐出來，立即迎上前去。

田豐感激地道：「元皓能夠得到太守大人的接待，已經是三生修來的福分了，何況現在元皓是在逃難，能有個棲身之所，元皓已經很知足了，哪裡還敢奢求別的什麼。太守大人真是太客氣了，元皓實在擔當不起啊。」

高飛笑道：「今晚這裡沒有什麼大人，只有朋友。田先生海內名士，不知道先生可否願意交在下這個粗鄙之人為友呢？」

「大人說的哪裡話，以大人之才，不但平定了涼州叛亂，還在上任途中招降了反叛的賊兵，大人是頂天立地的男子漢，怎麼會是粗鄙之人呢？元皓已經是個落魄的人了，大人還以禮相待，這種朋友，元皓自然不會不交。」

「呵呵，田先生，請入席吧！」

在高飛的殷勤招呼下，大家都飽飽的吃了一頓飯。

宴席散後，高飛命人將田豐的宗族逐一送回房間，自己則親自送田豐回房。

「元皓一介布衣，大人卻禮遇有加，元皓實在是不知道該怎麼報答大人了。」田豐在高飛將他親自送回房間後，拱手道。

高飛笑道：「先生不必放在心上，高某是個爽快人，為朋友可以兩肋插刀，這點小事，先生不必掛在心上。先生，夜深了，還請早些安歇。」

「大人慢走！」

看著高飛離去的背影，田豐轉身回房，臉上露出滿意的笑容，自言自語地道：「我本以為高子羽只是一個魯莽的匹夫，沒想到言行舉止絲毫不亞於士人，當時他命人來尋訪我的時候，我並未走遠，而今卻又在遼東相遇，**難道這一切真的是天意嗎？」**

第二天一早，高飛安排一部分屬下留在官邸，讓他們好生照料田豐等人，自己則騎著烏龍駒帶著貂蟬來到海邊，他要去看看今天還會不會有人浮海東渡而來。

到了海邊，高飛和貂蟬手牽著手走在沙灘上，感覺十分的甜蜜。他們先巡視了一圈廖化等人建造的茶肆，之後便朝海岸走去。

「哇！好美啊，原來這就是大海啊。」貂蟬從小在宮中長大，此時見到美麗的大海，忍不住心中喜悅，大喊道。

高飛牽著貂蟬的纖纖玉手，坐在沙灘上，看著一望無垠的大海，彷彿整個世界都是他們的一樣。

「主公！」

背後傳來的聲音打破了這種祥和，高飛鬆開貂蟬，看是廖化，問道：「什麼事？」

廖化道：「田先生來了，說有重要的事情找主公。」

高飛嘴角揚起笑容，對身邊的貂蟬道：「美人，在這裡等我片刻，我去去

便回。」

貂蟬順從地點點頭。

高飛跟隨廖化來到海邊的一片樹林裡，見田豐坐在樹蔭下，便徑直走了過去。

「先生昨夜可曾休息好？」高飛開口道。

「托大人的福，我的身體昨天就恢復了，不知道大人現在可有空閒？」

「嗯！我們就在這裡談吧。」高飛點點頭。

「太守大人在此建造茶肆，可是為了迎接東渡而來的青州百姓嗎？」田豐問道。

「正是！」高飛爽朗地道。

田豐滿意地道：「太守大人虛懷若谷，實在令元皓佩服，元皓在這裡替那些東渡而來的百姓謝謝大人了。」

高飛謙虛地道：「舉手之勞而已，而且這也是造福百姓之事，我自然不會置那些百姓不顧。」

「大人自平黃巾、定涼州、誅宦官以來，聲名日益高漲。我聽說朝廷曾經徵召大人擔任司隸校尉，卻被大人拒絕了，反而一心要來遼東當太守，可有此事？」

「嗯，確實有這麼一回事。」高飛承認道。

「大人放著高官厚祿不要，卻甘願當一邊郡太守，大人是打算永遠待在遼東嗎？」

高飛朗聲答道：「先生，遼東雖然地處偏遠，遠離中原，卻足以成為一塊避世之地，不然，先生也不會從青州東渡來到這裡了。我之所以不願意擔任司隸校尉，而選擇來遼東，是因為遼東地理位置得天獨厚，如果能夠將遼東治理好，定會成為一塊淨土，難道永遠待在這個淨土裡不好嗎？」

田豐質疑道：「如今天下紊亂，盜鋒四起，中原倍受其害，而朝廷不但不體恤百姓，還公然頒布了稅天下田的政令，直接導致了青州黃巾再起。如果再這樣下去，只怕天下勢必會再次陷入大亂，屆時有能之士必然會紛紛崛起，難道大人就不想趁此群雄爭霸的時候，幹出一番轟轟烈烈的大事業嗎？」

高飛道：「想是想，只是遼東地處偏遠，民少地貧，我又有什麼實力去角逐天下呢？」

田豐笑道：「以大人今日的名聲，只要登高一呼，何愁兵將不來？只要大人穩坐遼東，中原前來避亂的百姓必會絡繹不絕。我在北海時便曾聽聞了大人在遼東的事蹟，大人剛到遼東，用了不到一個月的時間便剷除了當地惡霸，使得全郡百姓脫離水火之中，這種魄力絕對不是一般人能夠擁有的。」

高飛聽了，心中暗想道：「沒想到消息傳得比我預期的要快，居然都傳到大海對岸的青州了。」

田豐接著道：「冀州刺史韓馥曾經三次徵召我去做治中，我都婉言謝絕了，而我之所以帶著宗族東渡而來，就是想見大人一面。當初大人在鉅鹿派人尋訪我，其實我並未走遠，只是那時我以為大人只是個魯莽的匹夫，因而未曾謀面。而後聽聞遼東田氏世代根基，大人居然在短短一個月內就將之剷除，**大人的謀略和膽識遠遠超過了我的預料，加上大人對我禮遇有加，更加使我堅定了信念**。所以，元皓想以平生所學來助大人一臂之力，不知大人是否願意接納我這個落魄之人？」

高飛沒有想到自己還未開口，田豐就主動來投，當即按捺住心中的喜悅和詫異，問道：「先生這話可是當真的嗎？」

「大丈夫一言九鼎，此話既出，就永遠不會食言。」

田豐見高飛還有一絲顧慮，便站起身來，朝高飛拜了拜，接著道：「若蒙大人不棄，元皓願意以後跟隨大人左右，誓死效忠大人。」

高飛緊緊握住田豐的手，激動地道：「田先生……」

兩人互相注視著對方，眼神中是相見恨晚的感覺，良久才分開。

兩個人再度坐下，只聽田豐道：「主公現在可曾招兵買馬嗎？」

高飛搖搖頭道：「暫時還沒，遼東剛剛穩定，主要是我帳下人手不夠，做起事情來不免進度緩慢。」

「主公，屬下有個建議，可以為主公招攬更多的人才，不知主公是否同意。」田豐道。

高飛聽了，道：「哦，先生快說說看！」

「如今青州正鬧黃巾，而且有愈演愈烈之勢，官軍不能抵擋，已經有大片城池被賊兵占領，這些士人很可能會浮海東渡。青州原為齊地，齊地多名士，而且在臨淄有一座先賢館，如果主公能在遼東建立一座同樣的先賢館，並且在這些名士靠岸後，以國士之禮迎入先賢館中，相信這些名士必定會對主公感恩戴德。所謂士為知己者死，這些來自齊地的名士肯定會願意為主公效力。這樣一來，主公便可以收攬青州多數名士，無論在治學或者是處理政務上，他們都能勝任。」

高飛聽完田豐提出的這個吸引人才的策略，拍了一下大腿，大聲讚道：

「好，先生足智多謀，只此一條計策，便為我解決了遼東人才不足的情形，實在

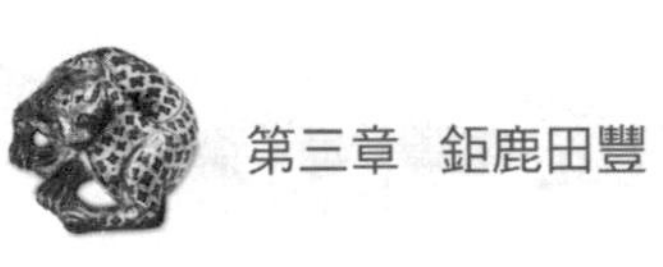

是太好了。」

田豐道：「為主公效力，這是屬下應該做的，主公不必記在心上。」

高飛說幹就幹，當即找來廖化，讓廖化號召當地的漁民，多擴建一些木屋，以備不時之需，並且吩咐廖化等人善待所有靠岸的人，自己則帶著貂蟬、田豐等人回襄平，準備建造一座先賢館。

八月初三。

經過幾天的長途跋涉，高飛一行人終於回到襄平，他親自為田豐選了戶大宅子，安置田豐的宗族，自己則和田豐騎著馬，奔走在襄平城西的道路上，為建造先賢館選址。

高飛根本不知道臨淄的先賢館是什麼樣子，當即對田豐道：「先生，先賢館到底占地面積有多大，又是何等模樣，我沒有去過臨淄，所以不太清楚。」

田豐原本還納悶為什麼高飛要帶著他出城溜達，此時聽到高飛的話，恍然大悟，勒住馬道：「主公，我們不必再朝前去了，先賢館設立在城中即可，也不必重新建造，那樣費時費力。」

高飛勒住烏龍駒，問道：「先生的意思是在城中進行改造？」

田豐點點頭道：「所謂的先賢館不過是一座比普通的民宅大一點的亭子，根本用不了多大地方。現在的臨淄城早已風光不再，先賢館也早就破舊不堪了，齊地名士雖然都會去瞻仰一下，但是早已失去了昔日的風采，主公只需在城中找一座涼亭，寫上先賢館的名字就可以了，至於地方隨便哪裡都可以。齊地的名士中只有幾個出名的，其餘的都登不上大雅之堂，但為了表示主公禮賢下士的誠意，這個表面文章還是要做的。」

「媽的，搞了半天只是一個破亭子，我還真以為是一座豪華的大樓呢，早知道是這樣，我就不回來的那麼急了。」高飛弄清事情的真相後，心裡恨恨地罵道。

「好，涼亭不難找，太守府西側便有一座，而且周圍也是一片空的宅院，可以給那些齊地的士人居住。先生，今天天色已晚，此事明日再做不遲，我們回城吧！」高飛調轉馬頭，對田豐道。

回到太守府，高飛朝田豐拱手道：「先生，你且回去休息，等晚上的時候，我派人去接先生，屆時好好的宴請先生一番。」

接著，便去見荀攸。

高飛只一個月沒有見到荀攸，便覺得荀攸變消瘦了，而且雙眼布滿了血絲，看起來很憔悴。

看到這一幕，他心中有點不忍，道：「荀先生，這一個多月來真是辛苦你了，郡中所有的事都壓在你一個人的身上，我……」

「主公不必介懷，這是屬下應該做的。」荀攸道：「主公回來了，真是太好了，這段時間以來，各縣治安已經基本穩定，百姓也都得到土地和糧食了，百姓還給主公上了一份萬言書，表示對主公的感激，相信只要再過半個月左右，遼東郡的局勢就會徹底安定了。另外，歐陽茵櫻和卞喜已經出使歸來，高句麗王接納了主公的贈品，並且說會一直保持和遼東的和睦狀態，請求和主公進行貿易，想購進五千柄長刀。」

「這些都是先生的功勞，為了治理遼東，把先生都累瘦了。」

「這是屬下分內的事。對了主公，今天收到趙雲從望平縣發來的書信，說望平北部發現上萬名鮮卑騎兵徘徊，意圖不明。既然主公回來，這件事理應讓主公來做主。」荀攸躬身道。

高飛皺起眉頭：「先生有何意見？」

荀攸道：「屬下以為，鮮卑的那一萬名騎兵不過是前來試探的，自從去年鮮卑入寇遼東以來，大約有一年的時間不曾南下，此時突然驟至，必定是想試探一下鋒芒。如果遭遇到頑強抵抗的話，或許鮮卑人就會打消入寇遼東的打算，所以，屬下以為必須做出頑強的反擊。」

高飛點點頭道：「嗯，這事必須儘快做出反應。先生，這一個多月來，軍隊的訓練情況如何？」

「鮮卑人都是騎兵，來去如風，我軍只有兩千騎兵，可這兩千騎兵也全部分派到了地方，兩萬五千人雖多，卻不足以和鮮卑人抗衡。」

「這個我清楚，這件事就交給我處理吧，今晚我要好好犒勞先生一番，並且要介紹一個人給先生認識。先生暫時在這裡歇息，等晚上宴席開了以後，我派人來叫先生。」

「諾！」

當夜，高飛在太守府舉行了一次大宴，邀請荀攸、田豐、褚燕、卞喜、管亥、于毒、孫輕、裴元紹一起參加，並且正式任命田豐為主簿，與荀攸一起掌管遼東政務。

之後，高飛找來卞喜，向卞喜詢問高句麗的情況，又找來擅長製圖的人，繪製了一幅高句麗的地形圖，並且在地圖上標明了高句麗的兵力分布。此外，對歐

陽茵櫻進行了一番答謝。

第二天，高飛便全身披掛，帶著褚燕、管亥、于毒、裴元紹、卞喜和兩萬五千人的軍隊奔赴望平縣，準備對鮮卑做出的挑釁予以回擊。

他留下荀攸、田豐共同執掌遼東政務，讓孫輕繼續負責襄平治安，至於招納人才的事，就全權委託給田豐處理，他相信以田豐的才力和名聲，絕對能夠替他辦好這件事。

軍隊雖然訓練了差不多兩個月，但是都未經過正式的打仗，這次高飛毫不猶豫的將他們帶出來，就是為了讓他們體會一次真正的戰爭，算是對這支軍隊的磨練。

軍隊剛離開襄平十里，高飛便讓全軍停下，把褚燕、管亥、于毒、裴元紹、卞喜五個都尉聚集在一起，吩咐道：「褚燕、管亥、于毒、裴元紹，你們四個人統領大軍，褚燕暫時擔任全軍主將，將大軍帶到望平去。卞喜，你帶幾個人去一趟玄菟郡，請玄菟太守出兵支援望平。」

眾人都感到有些疑惑，管亥問道：「主公把軍隊都交給我們，那主公要去哪裡？」

高飛笑道：「烏龍駒能日行千里，我想去一趟遼東屬國，見一見烏桓人，希望烏桓人能夠出兵相助。」

「主公，烏桓人肯幫我們嗎？」管亥不解地道。

高飛笑道：「我們現在的部隊裡沒有騎兵，只能堅守城池，卻不能出擊，很被動，如果能夠從烏桓人那裡借來一支騎兵的話，或許能夠扭轉整個戰局。烏桓人已經歸附了大漢，怎麼說也是大漢的一分子，無論如何，我都不能放棄這支力量，事在人為吧。好了，大家分頭行動吧。」

話音一落，高飛便翻身上馬，衝褚燕喊道：「這次和以往不同，不是去打家劫舍，而是去打仗，和鮮卑人打，我希望你不要出任何差池，否則提頭來見！」

褚燕抱拳道：「主公放心，主公如此信任屬下，屬下絕對不會辜負主公的厚望，一定將這支軍隊帶到望平。」

「嗯，我相信你。記住，到了望平之後，把軍隊全部交給趙雲指揮，三日之內，我必定返回望平，告訴趙雲，如果鮮卑人攻來了，只需堅守，不許進攻。」高飛吩咐道。

褚燕抱拳道：「諾！」

高飛調轉馬頭，大喝一聲，騎著烏龍駒飛馳而出，一溜煙的功夫便跑得無影無蹤，只留下一地的馬蹄印。

遼東屬國夾在遼西郡和遼東郡之間，所謂的屬國，是兩漢時期為安置歸附的匈奴、羌、烏桓、夷等少數族而設的行政區劃。在按一定地域範圍劃定的屬國中，「本國之俗」一般保持不變。

遼東屬國原是遼東西部都尉的治所，烏桓人內附漢朝之後，大漢便將遼東西部都尉所管轄的範圍割讓了出來，讓給烏桓人居住。

烏桓人是東胡的分支，和鮮卑人均屬於東胡。秦漢之際，東胡與匈奴都很強盛，後來東胡被匈奴發兵一舉而滅之，屬於東胡分支的烏桓人便受匈奴人奴役。每年必須向匈奴輸送馬、牛、羊等牲畜和皮張。

漢武帝時，派遣霍去病擊破匈奴左部，烏桓人才擺脫了匈奴人的羈絆。漢武帝把一部分烏桓人遷徙到上谷、漁陽、右北平、遼東、遼西五郡塞外。從此烏桓得臨近先進的漢人農業區，對烏桓社會經濟的發展提供了有利的條件。

漢對烏桓的需求，主要在軍事方面，即令烏桓偵察匈奴的動向。烏桓大人每年朝見漢帝一次。漢設護烏桓校尉，以衛護和監視之，使不得與匈奴交通。

烏桓和漢朝的關係時好時壞，但多數是處於和平時期，至少比鮮卑和漢朝的關係好出太多太多了。所以，從某種意義上來說，烏桓可以算作漢朝的合作夥伴。

高飛騎著烏龍駒，在跨過大遼水之後，在龐德駐守的遼隊縣短暫的歇了一會兒，便隻身一人奔赴遼東屬國，當天傍晚便抵達遼東屬國烏桓大人蘇僕延所在的昌黎城。

第四章

峭王蘇僕延

高飛朗聲道：「大王雖然自封為峭王，可是大漢的朝廷卻未必承認。論官階，我身為安北將軍，遠遠高出大王兩個官階，就算以遼東太守的身分，我也和大王是平起平坐，久聞烏桓人好客，難道這就是大王的待客之道嗎？」

此時的烏桓人和漢朝的關係有點緊張，因為烏桓各部的大人在沒有漢朝的授予下都稱了王，蘇僕延也不例外，他自稱峭王。雖然如此，烏桓和漢朝還是保持著若即若離的關係，這也成了高飛前來的砝碼。

夕陽西下，暮色四合，高飛單騎來到昌黎城下，昌黎城門大開，城樓上雖然駐守著幾個烏桓士兵，卻並不在意，而且昌黎城中尚有漢人出入。他直接策馬入城，果然沒有人阻攔。

入城後，他詢問城中的漢人，問出了峭王府的所在，便朝峭王府直奔而去。

峭王府在昌黎城的最中央，烏桓人經過多年的漢化，已經漸漸習慣了漢人的生活方式，城外一些部落還搭著穹廬，進了城裡，人人都住房屋，而且峭王府也十分的豪華。

高飛從烏龍駒的背上跳了下來，便看見峭王府門口站著的守衛對他拋來豔羨的目光，一個勁地打量著烏龍駒。

高飛將烏龍駒拴在峭王府外的柱子上，徑直朝峭王府走了進去。

「站住！你找誰？」守衛見高飛欲直闖入府中，立刻用身體擋住了他的去路，喝問道。

高飛當即拱手道：「我是遼東太守，我來找你們家大王。」

烏桓守衛指了指他腰中的佩劍，高飛明白過來，解下腰中的佩劍，拋給守衛，這才大踏步的進了峭王府。

高飛一路上沒有遇到阻攔，雖然府中也站有衛士，但是他們只看了高飛一眼，沒有為難他。他很快便來到蘇僕延所在的位置，門口沒有守衛，門也是大開著的，裡面只有一位正在光著身子舞動彎刀的漢子。

高飛走到門邊，當即抱拳道：「在下遼東太守高飛，見過大王！」

聽到高飛的喊聲，屋裡的漢子停了下來，滿臉大汗的他轉身看了眼站在門口的高飛，擦拭了一下臉上的汗水，將手中的彎刀隨手扔到地上，走到上首座位上，這才叫道：「高大人請進來吧！」

高飛踏入房子，房子裡只有蘇僕延屁股下的一個座位，其他地方都是空蕩蕩的，靠牆的地方放著一排兵器，什麼樸刀、長劍、彎刀、弓箭、長劍、流星錘之類的，應有盡有。他立刻明白過來，這是一個演武堂。

「你找我有什麼事？」蘇僕延也不客氣，開門見山地道。

高飛看了看端坐在座位上的蘇僕延，見他留著一個三分頭，四方臉，濃眉大眼，八字鬍，面部消瘦。裸著的上身，每一塊肌肉都恰到好處，乍看之下，如同一個肌肉猛男。

烏桓人不論男女都髡頭，所以頭髮都很短，女人只有結婚以後才能蓄髮，這是他們的習俗。這個習俗高飛自然知道，所以並不在意，而且他看蘇僕延頗有親切感，覺得像見到了現代人一樣。

高飛見蘇僕延的口氣很冷淡，而且眼神裡對他充滿了不屑，當即朗聲道：「我乃大漢堂堂的遼東太守，又是朝廷的安北將軍、襄平侯，大王雖然自封為峭王，可是大漢的朝廷卻未必承認。論官階，我身為安北將軍，遠遠高出大王兩個官階，就算以遼東太守的身分，我也和大王是平起平坐，久聞烏桓人好客，**難道這就是大王的待客之道嗎？**」

蘇僕延雖然自稱峭王，畢竟底氣不足，他見高飛不卑不亢，當即從座位上走了下來，一臉笑意地道：「冒犯了上官，還請多多包涵，請將軍隨我到大廳詳談。」

高飛來昌黎之前，就將蘇僕延的性格打聽得清清楚楚，加上他對烏桓多少有點瞭解，這才制定了以大漢朝廷的威嚴來加以施壓的策略。

蘇僕延是個欺軟怕硬之輩，雖然身為遼東屬國的烏桓大人，但是他的部族與其他幾個部族相比要差許多，所統治的烏桓民眾只有一千餘落，比起同為烏桓人的丘力居等，要遜色許多。

另外，值得注意的是，「落」是烏桓人的一個組織結構，與漢的戶不同，並不是單指一家一戶，而是有幾戶或者很多戶組成的一個公社，即「邑落」。

邑落是烏桓人設立在戶之上的組織結構，隸屬於「部」。邑落自有小帥，數百千落自為一部，部的首領稱大人，邑落首領稱小帥。蘇僕延就是烏桓人的其中一部，是遼東屬國的烏桓大人，但可以肯定的是，蘇僕延所統治的千餘落烏桓人，絕對不是只有一千戶烏桓人，而是遠遠高出一萬戶烏桓人。

蘇僕延將高飛請到峭王府的會客大廳，命人端上烏桓人待客用的馬奶酒，他也穿上了衣服，畢恭畢敬地對高飛道：「將軍遠道而來，本王有失遠迎，還請將軍多多海涵。」

高飛一臉正色，道：「大王太客氣了，其實本將這次前來，是有要事和大王相商，這件事關乎到大王的屬地，以及本將所管轄的遼東郡的生死存亡。」

蘇僕延聽高飛話說的如此嚴重，急忙從上首位置走了下來，問道：「將軍此話怎講？」

高飛道：「大王可知鮮卑人在北部徘徊多日的事嗎？」

蘇僕延點點頭，他不僅知道，而且還很清楚。烏桓和鮮卑雖同出東胡，但是對漢朝的親疏卻不相同，而且烏桓人還經常幫助大漢攻擊鮮卑人，成為大漢有利的幫手，算下來，兩幫人多少有點仇恨的關係。所以，每逢鮮卑人出沒在北部的草原上，烏桓人都會有很高的警覺性。

「這次鮮卑人派出了一萬餘騎，在遼東北部的望平縣附近徘徊，以我的推測，這撥鮮卑人只是其中一部分，更多的鮮卑人還在後頭。現在是八月，眼看就要入秋過冬了，鮮卑人必定會南下侵犯幽州各郡。去年他們曾經入侵遼東，殺其太守，擄掠百姓而還，以至於遼東人口急劇下降。所以，我不會再對鮮卑人坐視不理。如今我有軍隊兩萬五千人，卻都是步兵，對付鮮卑人這些騎兵，必須要以騎兵克之，久聞烏桓突騎聞名天下，我是特來向大王借兵的。」

蘇僕延聽高飛繞了那麼大一圈話，結果是來借兵的，當即臉上一寒，冷笑一聲，道：「借兵？前些日子護烏桓校尉公孫瓚從我這裡徵召了五百名突騎，我烏桓突騎已經只剩下幾百名了，借給了將軍，那我昌黎這裡誰來看守？」

高飛哈哈笑道：「大王統治烏桓一千餘落，其民少說也有幾萬人，烏桓人不論男女都是弓馬嫻熟的控弦之士，何況要保護這麼多人不受到侵害，必然會有一支精良的部隊作為保護。我敢說，大王部下的突騎兵不下萬人，如果大王願意借用幾千突騎兵給我的話，我定當會以黃金作為酬勞，作為雇傭費用。不知道大王意下如何？」

蘇僕延聽到高飛這一番話，心裡想了想，問道：「你準備出多少傭金？」

高飛相信，這個世界上，**錢雖然不是萬能的，但是沒有錢是萬萬不能的**，烏桓人所生活的地方多是朝廷割讓的貧瘠之地，生活相對清貧，所以錢絕對具有相當大的吸引力。

他笑了笑，伸出五根手指頭，道：「大王只需借給我五千突騎兵，我便給大王黃金五百斤。」

蘇僕延動心了，五百斤黃金對他來說，不是個小數目，當即一拍大腿，答應下來，道：「好，本王就借給你五千突騎兵。不過，**在我們達成協議之前，你必須當眾打敗我手下最強的勇士**，否則，就算我借給你五千突騎兵，他們也未必肯聽從你的指揮。」

這事由不得高飛不答應，蘇僕延已經將話說得很明白了。他站了起來，朝蘇僕延拱手道：「既然這是烏桓人的規矩，我就遵守這個規矩，何時開打？」

蘇僕延見高飛答應的十分爽快，哈哈笑道：「急什麼？將軍遠道而來，如今天色也晚了，我烏桓是好客之邦，絕對不會怠慢將軍的。今夜本王先宴請將軍一番，明日一早，昌黎城外再比試不遲。」

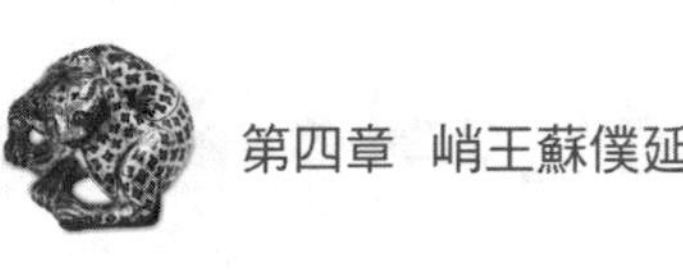

「好，那就恭敬不如從命了！」

當夜，蘇僕延在昌黎大宴高飛一番，並且讓族人獻上歌舞。高飛在悠揚的羌笛聲中度過了一個與眾不同的夜晚，並且美美的睡了一覺。

第二天一早，簡單的用過早餐之後，高飛在蘇僕延的陪同下便來到了昌黎城外。

昌黎城北三里的一個丘陵下面，五千烏桓突騎兵全部聚集在一起，等候著他們的大王到來。

突騎兵由來已久，歷史上赫赫有名的幽州突騎，便是以烏桓突騎為原型組建的，其中更是有不少烏桓人。

幽州突騎是在兩漢時興起的，漢朝和匈奴進行了長期的戰爭，為了能和匈奴騎兵抗衡，漢朝也建立了強大的騎兵部隊。在這樣的背景下，處於北方邊防地區的幽州，也在戰爭的錘煉當中，鍛煉出了一支精銳的騎兵。

東漢建立之初，光武帝劉秀便是借助幽州突騎的力量平定了河北，使得幽州突騎在歷史上成為最富戰鬥力的一支騎兵隊伍。

光武帝之後，幽州突騎逐漸淡出歷史的大舞臺，只用在幽州一帶進行對匈奴和鮮卑人的抗爭，後來中國歷代的騎兵中，雖然都有突騎的名號，但是這裡的突騎，是精銳騎兵部隊的代號，已經不再是特指的幽州突騎了。

不過，高飛所見到的這些烏桓突騎確實是名副其實的突騎兵，每個烏桓勇士都騎在一匹高大的駿馬上，戰馬沒有披甲，裝備著高橋馬鞍和馬鐙，使騎士能更穩健的騎在馬上。

勇士們披著一般的札甲，採用長方形甲片，胸背兩甲在肩部用帶繫連，另外還有披膊和保護兩腿的腿裙等。勇士們手中都拿著長約兩米的戟，馬背附近懸著弓箭，裝束一致的聚在一起。

五千突騎兵見到蘇僕延騎著馬來到這裡，紛紛將手中的長戟舉過頭頂，高聲呼喊道：「大王萬歲！大王萬歲！」

看到如此雄壯的突騎兵，高飛的心裡不禁發出一陣感慨，想道：「烏桓突騎果然名不虛傳，光在陣容上，就要比涼州的羌人來得統一，應該是由於多次被朝廷徵召為軍隊的緣故吧。」

「烏力登，你過來！」

蘇僕延停住了前進的馬匹，和高飛一同來到一個高崗上，向高崗下面一個年輕的漢子大聲喊道。

那個叫烏力登的年輕漢子策馬來到高崗上，翻身下馬，將手中的長戟插在地上，當下右手捶胸，低頭叫道：「烏力登參見大王！」

蘇僕延扭頭對高飛道：「將軍，這是我遼東屬國第一勇士，如果你能打敗他，這五千人的突騎兵就自然會聽從你的指揮。」

高飛打量了一下烏力登，見烏力登差不多有一米八五那麼高，生得眼突金睛，拳似銅錘，臉如鐵缽，虯鬚蜷髮，讓人看一眼，心裡就會產生一種莫名的恐懼感。

他皺起眉頭，看著烏力登，心中默默想道：「不管怎麼樣，我都要打敗他！」

蘇僕延似乎看出高飛心中的疑慮，嘿嘿笑道：「高將軍，要是反悔的話，現在還來得及，別等到……」

高飛從烏龍駒的背上跳了下來，打斷蘇僕延將要說下去的話，雙眼緊緊地盯著烏力登，冷冷地道：「開始吧！」

蘇僕延先是吃了一驚，隨即變得洋洋得意起來，他對烏力登十分有信心，向烏力登喊道：「手下別太用力，萬一傷了高將軍，你就是有十個腦袋也賠不起！」

很明顯，蘇僕延沒有將高飛放在心上，更多的是一種譏諷。

高飛走到烏力登面前，拱手道：「要怎麼比？拳腳、兵器、還是射箭？」

烏力登看了眼蘇僕延，眼裡同樣充滿了疑問。

蘇僕延道：「那就拳腳吧，動刀動槍的容易誤傷，只要誰的背先著地，誰就算輸了。」

說完，蘇僕延便策馬下了高崗，同時示意跟隨著的武士也離開這裡，將高崗給空出來。

緊接著，烏桓的五千突騎兵將高崗團團圍住，高舉手中的長戟，大聲為烏力登加油道：「烏力登！烏力登！烏力登……」

面對站著高出自己大半個頭的烏力登，高飛做了下深呼吸，雙拳緊握，衝烏力登喊道：「來吧！」

烏力登的嘴角露出一抹淡淡的微笑，虎軀一震，雙拳握緊，快步向高飛衝了出去，舉著的右拳同時揮打出去。

高飛見烏力登健碩的身軀撲面而來，如同缽盂般大小的拳頭同時朝他面門擊打過來，不敢硬接，當即用敏捷的身手朝一邊側開。

「呼」的一聲，烏力登的拳頭帶起一絲微風，從高飛的面前擦過。

烏力登見一擊未中，另一拳隨後又揮打了出來，企圖在高飛來不及做出任何反應的時候，將高飛一拳擊倒。

高飛見烏力登來勢洶洶，雙拳生風，那種剛猛的勁道只要挨一下，身上估計就會斷一根骨頭。他不敢硬接，利用敏捷的身手閃躲著，但他的雙眼卻一直在觀察著烏力登的一舉一動，企圖從這個外表剛猛的烏桓漢子身上找到一絲弱點。

「呼！呼！呼！呼！」烏力登一連擊出了四拳，每一拳都朝高飛胸腹上的要害部位打，眼看快到要擊中的時候，高飛的身影便會在眼前消失，出現在另外一個方向。

他不敢有絲毫的懈怠，他是遼東屬國烏桓人中的第一勇士，他不能當眾敗給一個比他看起來要瘦弱許多的漢人，他唯一能做的就是出全力擊倒對方。

蘇僕延和五千烏桓突騎兵眼睜睜的看著高崗上的這場決鬥，每個人的臉上都露出喜悅，他們看得很清楚，烏力登的雙拳將高飛逼得毫無還手之力。

「烏力登不愧是我部第一勇士，一出手就不同凡響，每擊出一拳，手上的力道便會加強一分，看來這場決鬥已毫無懸念了。哈哈，哈哈哈！」蘇僕延騎在馬背上，看著烏力登的表現，十分開心地道。

高飛左躲右閃，一連躲過烏力登的十幾拳，絲毫不敢懈怠。他見烏力登一身蠻力，所攻擊的地方都是他的要害部位，若不是他身手敏捷，恐怕無法避開烏力登的拳頭。

又躲過幾拳，高飛見烏力登的動作開始變得緩慢起來，嘴角露出一絲微笑，他看準時機，在避過烏力登當胸擊打而來的左拳時，身體猛然向烏力登的身邊靠了過去，用手肘猛烈地撞擊了一下烏力登的胸口，使得烏力登快要擊到的右拳戛然而止。

他緊握雙拳快速出擊，直接朝烏力登腦門上揮打了出去，兩拳在烏力登太陽穴附近同時發出一記重擊，緊接著抬起左腿踹向烏力登的胸口，將烏力登一腳踹飛出去。

烏力登不知道這是怎麼回事，分明是自己在進攻，怎麼高飛只閃了一下，整個身體便貼近了他，在經受高飛的兩拳之後，只覺得兩眼發昏，頭腦發蒙，身體不由自主的飛了出去，跌在地上，順著高崗向下滾了出去，一直滾出四五米才停了下來。

看到這一幕，所有的人都驚呆不已，**他們平日裡最尊敬最佩服的烏力登居然被一個漢人打敗，而且只是一瞬間的功夫**，都瞪大眼睛，張大了嘴巴，吃驚得一言不發。

「還有誰？」高飛環視一圈，吼叫道。

良久，高崗下面沒有一個人回答，就連平日裡焦躁的馬匹也變得極為安靜。

烏龍駒突然揚起前蹄，發出一聲高昂的長嘶，似乎在替自己的主人慶祝勝利。

「這……這怎麼可能？」蘇僕延吃驚的看著相對瘦小的高飛，眨著眼睛，不敢置信地道。

「萬歲！萬歲！萬歲！」

長久的寂靜之後，高崗下的五千突騎兵不約而同的歡呼起來，高亢的喊聲在空曠的原野上響徹天地。

蘇僕延快步走上高崗，一把抓住高飛的手，緊接著用烏桓人的擁抱和高飛的左右胸膛碰撞了兩下，驚呼道：「高將軍真是個英雄人物啊，居然能夠打敗我部的第一勇士烏力登，實在了不起啊！」

高飛道：「實屬僥倖！大王，我現在可以帶這五千突騎兵離開這裡了嗎？」

蘇僕延哈哈笑道：「別急，我還有一件事，算是個不情之請，不知道高將軍能否答應？」

「大王請說！」

「高將軍，我蘇僕延就崇敬英雄，**我想和高將軍結為異姓兄弟，不知道高將**

軍意下如何？」

「結義？」高飛驚訝地道。

蘇僕延道：「對，結義！遼東和遼東屬國本為一體，如今高將軍貴為遼東太守，我蘇僕延是遼東屬國烏桓部的大人，如果我們兩個結為異姓兄弟，那以後對付鮮卑人的話，就可以共同進退了，不知道高將軍可否答應？」

高飛心中嘀咕道：「和蘇僕延結義倒是有諸多好處，只是他年紀大我太多，萬一結拜，以後他不就成我大哥了嗎？」

蘇僕延似乎看出了高飛心裡所想，急忙道：「高將軍，我們烏桓人的結義方式和你們漢人不同，你們漢人是以年齡為長幼之序，我們烏桓人則是以武力高低為長幼之序，高將軍是英雄，大家有目共睹，這髡頭的習俗也可以免了，只要高將軍答應和我結義，我蘇僕延願意奉高將軍為大哥，以高將軍馬首是瞻。」

高飛聽了，覺得這倒是很划算，但又想道：「蘇僕延好歹也是一部的首領，絕不可能因為我打敗了烏力登而和我結義，這其中必定有什麼不可告人的秘密，**難道……難道是蘇僕延想借和我結義為名，襲取遼東郡？**不行！我必須要搞清楚！」

蘇僕延見高飛仍沉思未決，急忙問道：「高將軍，你考慮的怎麼樣了？」

高飛冷冷地道：**「大王這麼急著和我結拜，是不是另有隱情？」**

蘇僕延怔了一下，表情也顯得有些僵硬，隨後重重地嘆了一口氣，對高飛道：「高將軍有所不知，遼西烏桓大人丘力居自稱遼王，有部眾五千餘落，勢力頗大，而且他的部下大多十分的悍勇，就連擁有九千餘落的上谷烏桓大人難樓也在一個月前被他給擊敗了，我自然不是他的對手。

「如今右北平烏桓人大人烏延自稱汗魯王，也被丘力居給擊敗了，被迫以丘力居為尊，丘力居擊敗了難樓和烏延，下一個就該輪到我了，我只有六萬部眾，控弦之士也不過才兩萬人，根本打不過擁有數萬突騎的丘力居。今日我見高將軍英勇，而且手下還有兩萬多軍隊，如果我能和高將軍聯合在一起，或許丘力居會看在將軍的面子上，不來找我麻煩。」

聽完蘇僕延的話，高飛覺得他一點都沒有猜錯，蘇僕延害怕丘力居，想拉他當擋箭牌，畢竟丘力居暫時還不敢向大漢發飆。他想了想，覺得自己現在確實應該要一個強有力的盟友，蘇僕延這部烏桓人正好給了他一個很好的契機。

他點點頭道：「好吧，我和大王一見如故，如今大王又肯借給我五千突騎，我高飛能有大王這樣的兄弟，也是一種福分。不過，要結義的話，大王必須答應我一件事。」

「什……什麼事？」

「大王必須去除自稱的峭王稱號，繼續向漢稱臣，並且派遣使者到洛陽去，以表示對大漢的忠心。這樣一來，可以暫時緩解你和大漢朝廷的矛盾，從而使得大漢成為一面強有力的牆壁，擋在你和丘力居的前面，丘力居現在還未真正的和大漢翻臉，何況幽州境內還駐紮著大批的漢軍，可以在大半年內確保遼東屬國安然無恙。」

「好，當初稱王也是丘力居蠱惑我們各部的，我們也不想和大漢為敵，一旦和大漢翻臉，背後有鮮卑，前面有大漢，那我們就會陷入腹背受敵的局面。高將軍，我都照你說的辦。」

高飛聽了蘇僕延的話，覺得這個蘇僕延雖然欺軟怕硬，但至少還有點頭腦，知道利用外交策略來保全自己的部眾。當即對蘇僕延道：「那我們就去結拜吧！」

蘇僕延很開心，當即拉著高飛的手下了高崗。

回到昌黎後，讓人殺羊宰豬，和高飛用漢人的結義方式進行了結拜之禮。但是，蘇僕延卻甘願奉高飛為兄，並且又點了兩千突騎兵，一併交給高飛，助高飛去望平擊退鮮卑人。

高飛帶著從蘇僕延那裡借來的七千突騎兵，和統兵的烏力登一道越過無慮山，朝張郃駐守的無慮縣而去。

無慮縣城裡。

縣令張郃自從上任之後，基本上就很少有事情，因為無慮縣的百姓只不過才一兩千人。這日，他登上城樓，當他眺望城外時，卻發現從西方駛來大批的烏桓騎兵。

「關上城門，全城戒備！」

張郃看著那一群黑壓壓的烏桓騎兵，他還不太清楚烏桓人的動機，但也不能掉以輕心，當即向守衛城門的士兵大聲喊道。

無慮縣城城門隨即關上了，幾十個全副武裝的人登上城樓，手中帶著弓箭，紛紛躲在城垛的後面，做好了戰鬥準備，只等張郃的一聲令下。

高飛被烏桓突騎當成了極為重要的人物保護起來，周圍是五百名精銳的突騎兵，烏力登騎著馬衝在最前面，身後緊緊跟隨著六千五百名突騎兵。

七千名裝束統一的突騎兵，看起來就像是一個模子裡複製出來的，所有人的身高幾乎都在一米八左右，所有的馬匹也都是經過精心挑選過的，加上平時用狩獵的方式當作訓練的烏桓人，整個部隊的默契不言而喻，遠遠望去猶如一波波海浪，此起彼伏。

滾雷般的馬蹄聲漸漸駛進無慮縣城，在離縣城還有五百米的地方停了下來，高飛看著縣城上站著的張郃和嚴陣以待的士兵，對於他們的警覺性十分讚賞。

「我們一向井水不犯河水，請問你們為何突然帶著這麼多人馬前來？」張郃態度不卑不亢，扯開嗓子朝城外的烏桓兵大聲喊道。

烏力登沒有理會張郃，策馬向後，將雙手用力拍了拍，便見五百名護衛著高飛的突騎兵列成兩隊，留出一條路來。

高飛騎著烏龍駒急速奔馳而出，徑直奔向無慮縣城下面，朝城樓上的張郃喊道：「儁乂，打開城門，都是自己人。」

張郃看到高飛從烏桓人的騎兵隊伍中駛出來，驚詫不已，再聽到高飛說是自己人的時候，急忙下了城頭，邊走邊自言自語道：「主公不愧是紫微帝星轉世，居然帶來這麼多烏桓人。」

城門打開後，張郃帶著人策馬而出，來到高飛面前，拱手道：「屬下參見主公！」

「不用多禮，儁乂，這一帶可有鮮卑人出沒？」高飛也不客套，直接問到主題。

張郃道：「前天來了幾百騎，繞著縣城環視一圈後就走了，也沒有在無慮縣境進行搶掠，倒是子龍的望平縣卻出現上萬名騎兵。」

「你馬上讓一百人護送所有的百姓離開這裡，朝襄平去，你跟我走，去望平支援子龍。」高飛吩咐道。

張郃臉上一喜，當即拱手道：「諾！」

隨後，張郃命令部下的一百騎兵通知全城百姓撤離，自己則隨著高飛，帶著烏桓突騎朝望平縣奔馳而去。

此時的望平縣北部早已經布滿了鮮卑人，漫山遍野都是鮮卑的騎兵，少說也有三萬多騎。

這些鮮卑人徘徊在這裡長達兩天了，為了阻止鮮卑人發動突襲，趙雲早在半個月前就派人沿著遼河兩岸收繳船隻，將所有的船隻全部拉上岸，埋在地下，使在遼河北岸的鮮卑人無法渡河，這兩天正在尋找突破口。

趙雲還派人通知下游駐守遼隊縣的龐德，讓他們小心提防，同時做好退往襄平的準備。

望平城裡，褚燕、卞喜、裴元紹、于毒、管亥和兩萬五千人的士兵全部到了，褚燕也將兵權交給了趙雲，此時的望平城充滿了戰爭來臨前的緊張氣息。縣衙裡，剛剛回來的卞喜還在大罵玄菟太守，兵沒有帶回來一個，反而跑死了一匹馬。

褚燕、裴元紹、管亥、于毒等人也是剛剛到達，兩天的急行軍讓所有的人都有點疲憊，還好鮮卑人沒有攻打望平，否則的話，就算參戰了，也會因為疲勞過度而增加傷亡。

趙雲端坐在上首，看著大廳裡的人，拱手道：「各位兄弟，一路上都辛苦了，鮮卑人沒有船無法渡過遼河，今天大家都回去好好的休息一番，解解乏。」

眾人點點頭，紛紛退去。

第二天一早，趙雲剛登上城樓，便見一個斥候快速跑了回來，不等那斥候開口，便問道：「鮮卑人有什麼動靜？」

斥候答道：「鮮卑人……鮮卑人開始渡河了……」

「渡河？沒有船，他們怎麼渡河？」趙雲吃驚道。

斥候道：「啟稟大人，屬下看到北岸的大片樹林沒了，應該是鮮卑人自己製造的船。」

趙雲驚愕扼腕道：「疏忽！我的疏忽啊！快傳令下去，全城戒備！」

命令很快便被傳達下去了，城中的士兵經過一夜的休息，體力漸漸恢復，帶上自己的武器，穿上戰甲，從軍營裡走了出來，急忙地聚集在北門。

望平城並不大，只有南、北兩個城門，全城不過兩千五百米長，寬不過一千五百米，而且城牆也破舊不堪，夯土幾乎都要脫落了。

趙雲讓卞喜、裴元紹帶著五千人守北門，自己則帶著褚燕、管亥、于毒和兩萬多士兵守南門，因為望平北門正對著遼河碼頭的官道。

遼河距離望平大約有二十里遠，趙雲估算一下時間，幾萬鮮卑人強渡遼河，再集結隊伍，少說也要等到午後了。他只留下五千人在北門，讓褚燕、于毒帶著其他的人回營休息，以保存體力。

趙雲站在城樓上，望著北方，嘆道：「如果我有一千騎兵的話，我絕對不會放過這個絕佳的機會。」

管亥聽到趙雲的嘆氣聲，問道：「什麼機會？」

「兵法有云，當擊敵半渡，只可惜我的手上只有一百騎兵，去了也是白去。」趙雲可惜地道。

管亥道：「子龍，主公讓我們堅守，不許出戰，今天是第三天了，主公一定會帶著大批的騎兵來的，所以，到時候一定有我們施展拳腳的時候。」

「嗯，這個我知道，只是可惜了這個絕佳的機會。」趙雲道，「管亥，這一路上確實是褚燕當主將，帶著軍隊來的嗎？」

管亥點點頭道：「這是主公的意思，我原以為主公會讓我當主將，沒想到是褚燕。我開始還有些不服氣，不過一路走來，褚燕治軍嚴明，我不禁有點佩服他了，誰能想到一個山賊居然搖身一變成將軍了。」

趙雲笑了笑，沒說什麼，心裡卻暗道：「你還不是一樣，從一個黃巾賊變成了將軍？」

管亥身為黃巾賊，卻看不起褚燕這種山賊，從褚燕入夥一直到現在，他都對褚燕有點不服氣。不過，經過這次褚燕帶兵，讓許多和他有一樣想法的人都改變了看法，或許，這就是高飛的用意吧。

當天午後，浮雲布滿空中，淡一塊，濃一塊，天空像一幅褪色不勻的灰布。大氣潮濕而燥熱，在這八月的天氣裡，像一個蒸籠，秋老虎果然不簡單，悶得望平城裡的人都心裡發慌。再加上戰爭臨近的那種緊張氣氛，所有的人都覺得胸中壓著一塊巨石，險些要透不過氣來。

黑雲像一塊厚鐵，漸漸往地面上沉，頗有一番黑雲壓城城欲摧的味道。

趙雲站在城樓上，目光注視著北方的一舉一動，絲毫不敢有一點懈怠。對他來說，這還是頭一次指揮軍隊，所以他也變得更為謹慎。

突然，地平線上冒出大批的騎兵，官道和兩邊的田野裡都是騎兵，黑壓壓的一片人，以推土機式的姿態向著望平城而來。

「匡——」

望平城上，鐘鼓樓裡的大鐘瞬間被敲響，發出了極為震撼的聲音，傳遍整個望平城。

連續三次的撞擊，望平城的百姓都躲在了家裡，門窗緊閉，不敢露頭，老人抱著孩子，丈夫抱著妻子，全家人哆嗦的擠在一起，像是死神即將從他們面前擦過一般。

城中的士兵都將心提到了嗓子眼，除了那一百騎兵外，其餘的兩萬五千人是頭一次參加真正意義上的戰爭。

褚燕、于毒站在城樓上，看到幾萬騎兵地毯式的推移過來，雜亂的馬蹄聲不覺在耳邊環繞，和漢軍打了一年多，在山林裡你追我打，他們還是頭一次見到這麼大的陣勢，心中不禁生起一絲懼意。

「子龍，鮮卑人來了，看這樣子，絕對不止三萬人！」

管亥曾跟隨高飛在涼州打過羌人，十幾萬的羌人都見過，對面前的這幾萬鮮卑人絲毫沒有害怕之感，反而顯得有些興奮。

趙雲點點頭道：「沒想到只短短幾天工夫，鮮卑人就聚集了這麼多人，看來這一次是想大舉南下了，我們必須在此地擋住他們，否則的話，遼東將受到史無前例的波及！」

于毒用獨眼看到那麼多騎兵滾滾而來，慌張地道：「主公不是去遼東屬國借兵嗎，為什麼到現在還沒有來？要是主公沒來的話，那我們該怎麼辦？」

褚燕輕喝道：「你給我閉嘴！主公說話算話，說今天到，就今天到，上次在千山，主公不是照樣來了嗎？」

趙雲、管亥相視而笑，隱隱都覺得**高飛是故意讓褚燕和于毒來見見大場面的**。

「管亥，帶領弓箭手準備！褚燕、于毒，下城樓去，各帶一千刀盾兵等候在城門口！」趙雲見鮮卑人越來越近，立即發出命令。

吩咐已畢，褚燕、于毒下了城樓，各自帶著一千刀盾兵堵在城門口，其餘的士兵則分散在道路兩邊待命。

鮮卑人仍在不斷前進，每向前奔馳一段路，就給望平城裡的人造成一種無形

的壓力。

過了一會兒，鮮卑人的前部突然停止了前進，停留在距離望平城五六百米的地方，兩翼的騎兵則分別從城池的兩邊迂迴而去。

「糟糕，看來鮮卑人是想將我們包圍在裡面，在兩個門同時攻打。」趙雲的眉頭皺得更緊了，轉身對管亥道：「你快去南門，再帶五千人去支援卞喜和裴元紹，南門交給你指揮，只許堅守，不許迎戰。」

管亥當即快步跑下了城樓，帶著五千士兵便朝南門跑了過去。

趙雲看著面前的這些鮮卑人，但見所有的騎兵都披著薄薄的皮甲，手中挽著弓，腰中懸著彎刀，每個人的頭髮都是只有幾寸長，更有甚者，將頭髮大半剃光，只留下中間的長長一條。

「這些鮮卑人和羌人大不同，羌人雖然也會射箭，卻喜歡掄著馬刀向前衝。可這些鮮卑人卻人人帶著弓箭，以弓箭為主，看來一會兒定有一番遮天蔽日的箭雨。」趙雲打量這些鮮卑人後，心裡想道。

「傳令下去，讓城樓下面的士兵全部退到道路兩邊的房廊下，儘量不要拋頭露面，其餘的人堵在門洞裡！」趙雲對身後的一個親隨道。

「諾！」

鮮卑人似乎並不急著進攻，兩翼的騎兵還在漸漸地向南門駛去，似乎想等南門的部隊集結之後，於同一時間發動猛攻。

自漢朝以來，在匈奴逐漸淡出大草原之後，居住在今天蒙古大草原上的鮮卑人，在「逐水草而居」的同時，時不時高舉狼頭大纛嘯聚而來，狂風一般地忽然出現在漢族人的北部邊地。

他們踐踏莊稼，洗劫城市，燒毀房屋，殺戮當地居民。大肆劫掠後，他們又擄走成千上萬的漢人為奴隸。往往未等漢族大軍到來，鮮卑人便又如鬼魅一般地消失在無盡的大草原中。

吃肉喝酒之餘，這些野蠻人在朔朔北風中享受他們掠來的女子玉帛，嗷嗷狂叫以示慶賀。這種情況不是一天兩天，不是一年兩年，也不是十年二十年，而是長達數個世紀之久。

看到這些鮮卑人，趙雲的心裡燃起一種從未有過的感覺，**這已經不是簡單的戰爭了，而是民族和民族之間的廝殺，鮮卑人想征服漢人，漢人也想征服鮮卑人，在征服和被征服之間你來我往。**

突然，鮮卑人群中，一匹駿馬當先駛出，馬上的騎士向前奔馳了一段路，朗聲喊道：「今我鮮卑大兵壓境，你們要是放下手中的武器，出來投降，我們可以饒你們不死。如果執意抵抗，那只有死路一條！」

「呸！誰死還不知道呢！」趙雲回答道。

那名前來勸降的鮮卑人當即馳馬奔回了人群中，只一小會兒功夫，望平城外，四面八方傳來嗚咽的號角聲，成群的鮮卑人策馬狂奔而出，將手中的箭矢向外射了出去……

「放箭！」

看到鮮卑人的弓騎兵如同捲雲一般的壓了過來，趙雲再也抑制不住心中的怒火，衝守在城樓上滿弓待射的一千弓箭手大聲吼道。

一聲令下，矢如雨下，兩撥不同箭羽的箭矢相向而出，漢軍那一千支箭矢瞬間便被密密麻麻的黑點給淹沒了，無數的箭頭朝著城樓上飛了過來，劃破長空，發出著「嗖」的聲音，冰冷鋒利的箭頭「噗」個不停，陸續射進了守兵的體內。

「哇……」城樓上的守兵只這一瞬間的交鋒便有不少被當場射死，發出了許多聲慘叫。

趙雲緊握著手中的長劍，撥開了射來的箭矢，回顧左右時，但見將近一百人已經被射穿了心窩，其餘尚有三四百人都受了不同程度的箭傷。他眺望城下，衝過來的鮮卑人只有少數的人墜落馬下，而且鮮卑騎兵此時已經拉開了手中的弓箭，準備進行第二波的射擊。

「快躲到城垛後面！」趙雲當即大叫了一聲。

他不得不承認，鮮卑人比羌人要難對付，只這一次交鋒，鮮卑人的騎射部隊就已經壓制住城樓上的弓箭手，而弓箭手也紛紛露出懼意，第一次參戰的他們，多少都還有一絲恐懼。

趙雲靠著城垛，兩側的空隙中飛過來不少箭矢，從他的耳邊「嗖」的飛過去，徑直射進面前的城樓上。城樓的木柱和門窗上插滿了箭矢，而且一支支箭矢仍然在不斷的飛來。

「可恨！如果這裡是陳倉城就好了！」趙雲憤恨地自言自語道。

背水一戰

鮮卑人不愧是馬上的民族，草原上的健兒，陸續跳上馬背，操起手中的兵器，弓箭，抱著必死的決心，將身上最後的一點血性施展出來。

趙雲、張郃策馬來到高飛身側，張郃道：「主公，看來鮮卑人是要背水一戰了。」

城外的馬蹄聲發生了變化，奔雷一般的蹄聲漸漸遠去，箭矢也沒有再射上來，只兩撥箭矢，城樓上已經是密密麻麻的了。

趙雲從城垛露出頭，斜眼看了一下城下的鮮卑人，但見這些騎射部隊在奔馳到城下五十米左右便掉頭分開兩列回去了，再次聚集在五百米外的空曠地帶，將鋒芒對準了望平城。

緊接著，他看見大約五千騎射部隊的後面騰起一陣塵霧，官道中間的隊列突然打開，從塵霧中駛出十名騎士並排在一起的隊伍，馬背上的騎士手中都杵著一根圓錐形的木頭，長度足足有兩米五。

趙雲從未見過這樣的情況，他打過羌人，羌人與鮮卑人有太多不同，羌人悍勇，他們會借助馬匹的快速移動施行突擊，用馬蹄踏平前方的一切。可是他面前的鮮卑人除了用弓箭外，還用上了木頭。

他不由得在心底發出了一聲疑問：「鮮卑人……這是……要幹什麼？」

杵著圓木的鮮卑人騎兵越聚越多，他們十個人一排，從塵霧中駛出來，然後聚集在騎射部隊的後面，一字鋪開，前排和後排之間呈現了三米的空隙，一排一排的向後排去，在二十米的空地上足足排出了六排，而且每排人數都達到了兩百人，看上去層次分明，攻擊姿態十分強勢。

「嗚……嗚嗚……嗚嗚嗚……」

鮮卑人的號角聲再次響起，不同的是，這次的號角聲與第一次的單一的「嗚」聲不同，其中充滿了不同的變數。

「傷兵快下城樓，鮮卑人要進行第二波箭陣攻擊了！」

趙雲意識到鮮卑人要進攻了，可是卻猜不出鮮卑人的意圖，為了減少傷亡，他便急忙下達了命令。

幾百個傷兵陸續下了城樓，城樓上霎時間空了下來，一些健全的弓箭手再度登上城樓，彌補了城樓上的弓箭手。

「這一次我們要**後發制人**，等鮮卑人射箭完要回去的時候，我們再還擊，都明白了嗎？」

趙雲見到鮮卑人撤回的時候，是他們最沒有防守的空檔時刻，因而做出了這個大膽的決定。

「諾！」城樓上的士兵都大聲回道。

城外滾雷般的馬蹄聲再次響起，鮮卑人的騎射部隊猶如層層波浪般向望平城駛來，同時拉開了手中的弓，衝到射擊範圍內，便鬆開手將箭矢射出去。於是，如蝗般的箭矢再一次鋪天蓋地的射來，帶著劃破長空的呼嘯聲，從城垛兩邊、城

牆上空飛舞著插進了城樓上，將城樓射得如同刺蝟一般。

趙雲緊靠城垛，聽到城下馬蹄聲的變化聲以及馬匹的嘶鳴聲，當即從身邊的死屍手裡撿來一張大弓，搭上箭矢，用力拉開弓箭，大聲喊道：「就是現在，放箭！」

隨著趙雲的一聲令下，城樓上一千名弓箭手紛紛露出頭，將已經拉滿的弓箭朝城下密密麻麻的鮮卑騎射部隊中射了出去。鮮卑的騎兵正在從兩翼調轉馬頭向後撤退，突然感到背後射來的箭矢，猝不及防，數百名騎兵在這一撥箭矢中墜落馬下。

可是，鮮卑人都是善射的馬上健兒，後面衝上來的騎射手一見城樓上有人露頭，便將手中的箭矢射了出去，將城樓上沒有來得及躲避的一百多人射成了刺蝟。

趙雲和其他人背靠著城牆，看到身邊被箭矢射死的士兵，都是一陣惋惜。

「都打起精神來，如果我們守不住這裡，大家全部要死！聽我的命令，再來一次，這一次要反應快點，全體準備！」

趙雲看出士兵的懼意，可是現在他也只能說些鼓勵的話了，畢竟都是第一次參加如此戰鬥的人，就連他對鮮卑人的這種打法也尤為頭疼，不知道該用什麼樣的辦法去對付。

城下。

鮮卑人的騎射部隊再一次撤走了，墜落馬下的屍體也被馬蹄踩得血肉模糊，在這個時候，誰也不會去在意那些死人了。

「轟！轟！轟……」

所有人耳邊突然傳來厚重的馬蹄聲，馬蹄聲起落一致，跟剛才的騎射部隊大為不同。

趙雲心中犯起了嘀咕，露出頭朝城下看了一眼，當城下的情景映入眼簾時，立時全身起了一陣激靈，急忙回過頭，朝城樓上的弓箭手大聲喊道：

「快下城樓！」

士兵們一時愣在那裡，還來不及移動身體，便聽見城牆下面傳來一聲巨大的響音。

「砰！」

一聲巨響回蕩在趙雲及守衛城樓的弓箭手耳邊，他們的身體也感到一陣搖晃，像是有什麼東西猛烈的撞擊城牆一樣。

趙雲一臉驚恐，沒想到鮮卑人會如此聰明，居然會想到用圓木來衝撞城牆，他再一次大聲喊道：「快下城樓！」

城牆下，第一排杵著圓木的鮮卑騎兵借助馬匹的衝撞力，舉著長長的圓錐形的木頭，硬是將兩百根圓木插進了望平城的城牆。

城牆是用夯土打造而成的，並不是十分堅固，一經猛烈的衝撞，便開始搖晃起來。當第一排鮮卑騎兵撤走之後，第二排緊接著衝了過來，之後是第三排、第四排……

一時間，望平城的城牆上插滿了這種密密麻麻的圓木，而那些杵著圓木的鮮卑騎兵並未真正的撤走，只是給後面的人讓開道路而已。

當最後一排騎兵完成任務之後，其餘退走的騎兵全部從馬背上跳了下來，衝到城牆下面，每個人都握著一根圓木，一起用力，想推倒這堵已經被衝撞鬆動的土牆。

趙雲和城樓上的弓箭手剛下城樓，趙雲便將躲在門洞裡的褚燕、于毒等人喊了回來。

褚燕、于毒等人剛撤回來，便聽見背後傳來一聲巨大的轟隆聲，城牆瞬間坍塌下來，頓時掀起一陣土霧。

就在這時，從南門那邊跑來一個士兵，擠進人群，來到趙雲身邊，大聲喊道：「大人，南門……南門倒了，砸死了不少人，裴都尉來不及跑，被坍塌的城樓砸死了，管都尉、卞都尉問該怎麼辦？」

趙雲來不及沉思，當即對那人道：「快去告訴管亥、卞喜，無論如何也要守住坍塌的城門，絕對不能讓鮮卑人衝進來，讓盾牌兵堵在最前面，弓箭手在後面掩護！」

「諾！」

趙雲急忙對身邊的褚燕、于毒喊道：「城牆雖然倒了，可是我們還在，褚燕，帶兩千刀盾兵跟我堵在最前面，于毒，你帶著弓弩手躲在道路兩邊，爬上房頂，占據有利位置，凡是想逃跑的格殺勿論！無論如何，我們都必須堅持到主公帶著援兵來。」

「諾！」

命令下達之後，城中的士兵迅速做出了反應，北門這裡，趙雲、褚燕帶著兩千刀盾兵堵在坍塌的城牆那裡，于毒指揮著弓箭手占據有利位置，剩餘的兵力隨時做好增援準備。

南門那裡，鮮卑人騎兵掄著馬刀，從坍塌的城牆上跨了進來，兩邊還有騎射部隊掩護。管亥領著刀盾兵堵住了衝進來的鮮卑騎兵，卞喜帶著弓箭手在後面不停的進行射擊，一場血戰正式拉開。

周圍吶喊聲不斷，趙雲、褚燕身先士卒，一手持盾，一手握刀，見到從坍塌的城牆上跨上來的騎兵便是一陣猛砍，短短一會兒功夫，已成廢墟的城牆上到處都是人畜的肢體，鮮血灑滿了這道隆起的土牆。

整座城池都被鮮卑人給包圍了，城中的士兵雖然想要逃走，可是轉念一想，出去也是死，索性在城裡跟鮮卑人死拚，只要不被鮮卑人越過那倒塌的城牆，他們就有活下去的希望。

此時，弓弩手才真正的發揮出威力，倒塌的城牆給了他們遼闊的視野，許多人不用在擠在小小的城樓上了，躲在房屋的後面，或者爬上房頂，見到有騎兵爬上城牆便是發箭猛射。

坍塌的城牆變成了一道隆起的土梁，將鮮卑騎兵擋在外面，他們要想進城，就必須越過這道土梁，可每當鮮卑騎兵衝上來的時候，不是被箭矢射中，就是被埋伏在土梁下面的刀盾兵給砍死，大大的阻滯了鮮卑人的進攻速度。

褚燕扔掉盾牌，手握雙刀，只要見到有騎兵出現在土梁上，舉起手中的雙刀便是一陣猛砍，或砍斷馬腿，或砍死馬上的騎兵，鮮血早已經染滿他的全身，使他成了一個真正的血人。

趙雲和其他刀盾兵也都英勇奮戰，這道土梁成了他們的保護牆，每個人都因為這道土梁重新找回了信心，對鮮卑人的恐懼感也逐漸淡去。

鮮卑人連續進攻兩次，每次都付出慘重的代價，三千多騎兵頃刻間化為烏有，而他們所殺死的漢軍士兵卻只有幾百人而已。

趙雲舉刀砍死了第二波衝上來的最後一個騎兵，猙獰的面孔上沾滿了鮮血，回顧左右，看了看周圍猶如血人的士兵，他會心的笑了。

「褚燕！你沒有受傷吧？」趙雲見褚燕全身是血，面色猙獰，手中的刀也砍捲了，急忙問道。

褚燕甩了甩頭，將砍捲的刀扔到一邊，從土梁上滾落下來的鮮卑人屍體上撿來兩把彎刀，用力的揮舞了一下，覺得還算趁手，笑著對趙雲道：「放心，這些人還殺不死我！」

趙雲朝後面的士兵喊道：「趁著這會兒鮮卑人沒有進攻，趕緊將戰死的弟兄抬到後面，受傷的也退下去治傷，後面的補上來，鮮卑人沒有什麼可怕的，只要我們不再膽怯，他們就奈何不了我們！大家都……」

話說到一半，但見昏暗的天空中射來密密麻麻的火星，無數支帶著火星的箭矢從空中越過土梁，紛紛落在城裡，一些士兵沒有注意，被這些火箭射死。

「糟糕，鮮卑人想用火攻！快……散開來，去撲滅那些火星，絕對不能讓城中失火，不然對我們極為不利。」

趙雲看到這一幕，頓時反應過來，大聲叫道：「褚燕，你帶人守好此地，我帶人去救火！」

「諾！」

趙雲舉著盾牌，冒著被火矢射中的危險，急忙跑到後面，吩咐人去撲救鮮卑人射進來的火星。

可是，有些地方堆積了太多的易燃物，一經沾到火星，立刻燃燒起來，城中已經有好幾處民房著了火，百姓紛紛從房子裡跑出來，自行救火。

天空中的烏雲越聚越多，雲層越壓越低，將整個天際都籠罩在其中，使得周圍變得黑暗起來。而鮮卑人的火箭依然不斷地從土梁周邊射了進來，南門、北門頓時火光一片，城中百姓也都亂作一團。

趙雲在北門親自指揮著士兵救火，待局勢稍微穩定一點時，他便讓于毒代替他指揮，自己快步跑向南門，想看看南門那邊的情況。

他一邊在城中穿梭，一邊對恐慌的百姓喊道：「到縣衙去，青壯的人去救火，不要慌，我們不會有事！」

百姓們聽到趙雲的指揮，頓時分成兩列，老人和孩子都向縣衙跑去，青壯的漢子和年輕的婦女則在城中各地用工具撲救大火。

火箭已經不單單從南北兩門射進來了，東西兩側也都陸續有火箭飛進城裡，將城中多處房屋都燒著了，小小的望平城中，頓時火光一片，在昏暗的天地間特別引人注目。

好不容易來到南門，南門喊殺聲一片，卞喜領著弓弩手在街道兩邊不停的放箭，前面的管亥領著人堵在土梁下正在和鮮卑騎兵血戰，鮮卑騎兵已經突破了一個小口子，二十多名騎兵衝過了土梁。

趙雲慶幸自己來得及時，當即拉住兩個軍侯，道：「你們兩個各帶五百人去救火，其餘的人跟我來，必須將鮮卑人擊退，絕對不能讓他們進城！」

「諾！」

一聲令下，趙雲操起刀盾，帶著一千多人衝了上去，舉起手中的刀，朝鮮卑騎兵便是一陣亂砍。其餘的士兵紛紛將鮮卑騎兵從馬上拉下來，愣是將鮮卑騎兵給堵了回去。

「管亥！你沒事吧？」趙雲一刀結果了一個鮮卑騎兵，急忙跑到管亥身邊，

看了眼氣喘吁吁的管亥。

「沒事！」

趙雲見管亥的左臂被劃破了一個長長的口子，綻開的皮肉正冒著鮮血，他的胸口上還插著一根斷了箭羽的箭矢，驚叫道：「你受傷了？快去縣衙治傷，我頂住這裡！」

管亥揮舞著手中的彎刀，怒吼道：「我說沒事就沒事！一點小傷而已，沒什麼大礙。」

趙雲見管亥不願意下戰場，當即道：「北門有褚燕在，不會出什麼事，我在這裡替你擋著，你快去縣衙治傷，不能意氣用事！」

「不去！我沒事！你再囉嗦，老子就真死給你看！」管亥眼裡閃過森寒的目光，衝趙雲暴喝道：「裴元紹死了，你讓我怎麼給周倉交代？不殺了這些狗日的鮮卑人，老子以後無法面對周倉。」

約莫殺了十幾分鐘，鮮卑人不再進攻了，總算讓管亥、趙雲都喘了一口氣。卞喜從後面跑了過來，來到管亥身邊，見管亥身上受了傷，想勸他回去治傷，可一看到管亥那怒視的眼神，就止住了。

他扭臉看了下趙雲，道：「已經一個時辰了，再這樣下去，只怕我們堅守不到明天早上，必須得想想辦法。」

趙雲道：「我相信主公一定會帶著大批援軍來的，就算堅守到最後一刻，也絕對不能退縮，我們已經無路可退了，若是抵擋不住這次鮮卑人的進攻，整個遼東就會生靈塗炭，我們好不容易才有了安身立命的地方，絕不能讓那些鮮卑人侵犯我們的家人。」

卞喜點點頭，見火勢已經被控制住了，趁管亥不注意時，伸手一掌，將管亥給打暈過去，喊道：「快，帶管都尉去縣衙治傷！」

嗚咽的號角聲又響起，土梁外面是奔騰的馬蹄聲，鮮卑人再一次發動了進攻……

天色越來越暗，密布的烏雲緊緊地壓著大地，望平城裡的火光始終不間斷的亮著，城門附近堆積了如山的屍體，將那道土梁又堆高了不少。

已經戰鬥一個半時辰了，鮮卑人還是頭一次遇到這樣的事，平時漢人們見到大批的騎兵呼嘯而來，第一個反應就是逃，可是這座城裡的人讓他們感到了一絲小小的意外。

城外的樹林裡，一個穿著高貴的青年望著久攻不下的望平城，目光中充滿了

無比的怒意。

他騎著一匹純白色的戰馬，頭上戴著一頂閃耀著金光、倒掛著兩隻金屬羊角的頭盔，把他的臉幾乎全部覆蓋住。一套同樣閃著金色的鐵甲，盔甲的兩肩高高地聳起，彎曲成合適弧度的鐵片一片片的堆疊到手肘。

這樣疊瓦式的覆蓋方式，不但可以完全保護手臂，更可以最大限度的活動整個手臂。盔甲連著下肢，整體看起來，整套盔甲不但非常有震撼力，還讓人感受到這盔甲的堅不可摧，以及穿戴這盔甲的人的超強力量。

青年叫**步度根**，是東部鮮卑其中一部的大人，此次率三萬多騎意圖襲取遼東，不想遇到頑強的抵抗。

這時，奔來一匹駿馬，馬背上的鮮卑勇士見到青年便翻身下馬，單膝下跪道：「大人，南門受阻嚴重，折損大約兩千多騎，始終無法突破漢軍防線。」

他聽到來人彙報，沒有吭聲，問向身邊的人道：「北門這裡折損了多少騎？」

身邊的人回道：「大約有三千多騎。」

步度根的眉頭皺了起來，又問道：「殺死漢軍多少？」

身邊的人支支吾吾道：「大……大人，這個……暫時無法統計，漢軍都躲在城裡，不過……應該死傷不下萬人。」

步度根怒喝道：「一座小小的望平城，居然浪費了我這麼長時間，還折損了我數千騎兵，傳令下去，所有的兵力全部投入戰鬥，半個時辰內，我要見到城中插滿我族的狼頭大纛！」

「諾！」

隨著步度根的一聲令下，嗚咽的號角聲從望平城四周響起，包圍望平城的三萬騎兵都向望平聚攏，準備進行最後的突擊。

望平城裡。

趙雲、卞喜守在南門，褚燕、于毒守在北門，城中的兩萬五千名士兵已經死傷過半。

一開始他們還能輕而易舉的擊退鮮卑人的進攻，可是後來鮮卑騎兵一次比一次攻擊猛烈，如今，漢軍戰死將近七千多人，受傷的多達八千人，縣衙裡除了重傷的人外，輕傷的全部退回戰場，一方面要撲救城中的大火，另外一方面要迎戰鮮卑人的衝擊，使得所有人都疲憊不堪。

此時，所有人聽到號角聲四面八方的傳來，讓他們的心裡備受煎熬。

「看來鮮卑人要發動全面進攻了！」趙雲聽到這聲不同尋常的號角聲後，自言自語道。

趙雲當即讓卞喜帶著人去守西牆，並傳令于毒帶人去守東牆，他隱隱有一種不祥的預感，城中兵力雖足，可大多數都是頭一次參加戰鬥的新兵，第一次就對付如此兇狠的鮮卑人，他擔心士氣會因此再次陷入低迷。

可是，事已至此，已經無可奈何了，他唯一能做的，就是拼命地阻擋著鮮卑人的進攻，並且期盼高飛帶著援軍快點到來，不然，能否抵擋得住這次進攻就很難說了。

就在戰鬥打響的那一刻，一道明亮的閃電從昏暗的天空中劈下，緊接著便是震耳欲聾的雷聲。

從中午開始，密雲就一點點的聚攏，此刻，無數道閃電和轟隆隆的雷聲一個接一個的打響，天像要塌陷下來一樣。

同時，天地間刮起了狂風，吹得樹木東倒西歪。不多時，便落下巨大的雨點，淅瀝的雨聲響著，好像在發出什麼警告似的。

狂風暴雨搖撼著整個望平城，雷鳴夾著電閃，電閃帶著雷鳴。大雨奔騰地下著，還來不及流走的雨水迅速形成了積水，地上積水越積越多，血水混合著雨水，雨水混合著泥水，泥水又摻雜著血水，沖刷著城池四面的土牆。

土牆被暴風驟雨沖刷的越來越低，漸漸，土牆被雨水沖刷成了平地，城外的鮮卑人看到這一幕，驚現出歡喜的心情，他們嘴裡喊著「感謝天神」，在雨幕下騎馬衝擊而來，和守衛在四周的漢軍撞在一起，在泥沼中廝殺著。

很快，戰鬥變成了屠殺，這些悍勇的鮮卑騎兵一衝進城裡，便帶來極為恐怖的死亡氣息，所過之處，漢軍士兵陸續人頭落地，失去土梁的防護，城中的漢軍頓時失去了底氣，而且如此大的暴雨，箭矢也無法射出，他們唯一能做的，就是舉起手中的刀和鮮卑人廝殺。

「**狹路相逢勇者勝！**」趙雲突然想起這個口號，為了振奮人心，他高聲喊了出來。於是，剩下的一萬多人大聲地喊著這個口號，抱著必死的決心和鮮卑人戰鬥。

城外，步度根看不清楚望平城的戰況，只聽見耳邊響起巨大的雨聲，他此時的心情十分喜悅，當有人告訴他雨水沖刷掉土牆，騎兵進入城池的時候，他整個人都要樂瘋了，那種前所未有的心情無以言表。

正當他樂得屁顛屁顛的時候，突然聽到背後傳來一陣急促的馬蹄聲，他回頭凝視，只見一團烏黑的捲雲席捲而來，五百親衛騎兵還來不及做出任何反應，便見一大批騎兵殺了過來，所來的騎兵都是髡頭、穿著簡單板甲的騎兵。

「烏桓突騎！」

步度根大吃一驚，努力的看清對方的來歷之後，急忙策馬而走。

但見黑色的騎兵如同一隻巨大的怪獸，張開那血盆大口，便將他身後的親衛兵給吞沒了進去，他來不及下達任何命令，見對方人多勢眾，急忙帶著身邊的五名騎兵倉皇逃走。

混亂的鮮卑騎兵隊伍中，高飛一條長戟當先，身後張郃、烏力登兩條長戟隨後。

「主公，雨下得很大，敵人不一定知道我們的到來，正好可以進行突擊，從背後擊殺那些鮮卑人！」張郃對高飛道。

高飛點點頭，下令道：「張郃、烏力登，你們各帶兩千五百人從東西兩側繞到南門，我親率領剩餘的人從北門進行突擊！」

「諾！」

暴雨還在下著，張郃、烏力登各率兩千五百烏桓突騎分成左右兩邊，向東西兩側奔馳過去，高飛則率領剩下的兩千名騎兵朝本門急速奔馳。

正當那些鮮卑人以為此戰必勝的時候，背後突然殺出一彪騎兵，每個騎兵都使用長達兩米的大戟，說著和他們一樣的語言，唯一不同的是，他們身上穿著統一的戰甲，叫囂著朝他們衝了過來。

「烏桓突騎來了，烏桓突騎來了……」

一個鮮卑人的騎兵認出了這支部隊，急忙連喊兩聲，第三聲還沒有喊出來，便被長戟劃破了喉嚨，被後面滾滾而來的馬蹄踏得血肉模糊。

望平城縣衙附近的十字路口上，趙雲面向南方，手中的握著的刀早已經砍捲了，已經殺得麻木的他忘了換掉手上的鈍刀，只是手不停地揮舞著，不管來多少鮮卑人，只要見到就殺。

北面，褚燕利用他巨大的身軀，以及如飛燕般的輕巧，提著雙刀來回穿梭在騎兵隊伍中間，用他巨大的臂力將馬上的騎士攔腰砍斷，所過之處，身後是一片污穢，血色的積水中飄著無數的腸子，猶如一條條浮動的水蛇，讓人看了想作嘔。

東面，瞎眼的于毒一手持盾，一手握槍，和身邊的長槍手排成了一排，但凡有奔馳過來的馬匹，便用長槍進行招呼。

西面，卞喜手持飛刀，在前面盾牌兵的抵擋之下，將手中的飛刀擲了出去，飛刀一經飛出，準確地插在鮮卑人的心臟裡，使得馬上的騎士立刻跌落馬下。一連擲出十幾把飛刀，當最後一把飛刀擲出去後，他便抽出腰刀，撿起沉在積水下的盾牌，毅然地衝了上去。

縣衙裡，蘇醒過來的管亥，纏著繃帶，帶著少許的士兵守在門口，每個人的手裡都舉著一張硬弩，雖然在雨天會大大減少弩箭的殺傷力，可是他們還是借此給予周圍的士兵掩護。

正當大家都在浴血奮戰之時，忽然聽見鮮卑人各個人仰馬翻，一支相貌相似，裝束卻不相同的騎兵隊伍從東、西、北三個不同的方向殺了出來。

「是主公！主公來了！」

褚燕斜眼瞄見高飛策馬持戟衝過來，大聲叫了出來。

聲音迅速被傳開，漢軍士兵燃起了希望，低落的士氣頓時被激勵起來，於是，戰場上發生了巨大的變化，東、西、北三面的鮮卑人同時受到烏桓突騎和漢軍的夾擊，使鮮卑人陷入了苦戰和極度的恐慌之中。

巨大的吼聲在鮮卑人的耳裡迴響不絕，使得他們心中膽寒，可是前有漢軍，後有突騎兵，想跑又跑不掉，想戰又暗自膽怯，無奈之下，只能朝城中的街巷中逃走，一撥人全部竄向南面退了出去，在大雨中彙聚成一團，一股腦的向遼河方向跑去。

大半個時辰以後，望平城裡來不及逃跑的鮮卑人盡數被殺，幾千具屍體塞滿了城中的街巷。整個戰鬥結束，狂風驟雨也稍稍減弱，望平城已經成了一座死城，屍橫遍野，血流成河。

高飛策馬來到縣衙，看到縣衙裡的百姓以及缺胳膊少腿的重傷士兵，他的心裡十分難受，轉身看到因浴血奮戰而一臉疲憊的將士們，他的眼眶裡流出鹹鹹的液體，和雨水混合著滴落在地上。

「主公！裴光頭……死了，好多弟兄們都死了，如果主公再晚來一會兒，只怕我們就會全軍覆沒了。」管亥忍著身上的疼痛，撲通一聲跪在地上，淚流滿面的道。

高飛環視眾人，愧疚地道：「我對不起大家，如果我能早點渡過遼河，你們就不會付出如此慘痛的代價，我……」

「主公！我們沒有任何怨言，就算是全軍覆沒了，也不會對主公有一絲恨意。我們只恨自己無能，不能守好此城，害兄弟們死的死，傷的傷。現在主公已經來了，我們絕對不能放過那幫鮮卑人，我們要替死去的弟兄們報仇，請主公帶領我們去殺了那些鮮卑人！」趙雲一臉忿恨地道。

「請主公帶領我們去殺鮮卑人，替死去的弟兄們報仇！」所有的人異口同聲地道。

高飛聞言，立刻扭臉對身邊的烏力登道：「逃跑的鮮卑人差不多還有一兩萬騎，他們吃了敗仗，一定會想方設法向北逃到草原上去。可是前面有遼河，加上暴雨突降，河水的水位會上漲，鮮卑人這會兒肯定聚集在河岸上無法渡河，你可願意帶領你的族人跟隨我去追擊鮮卑人？」

烏力登右拳捶胸，道：「尊敬的神勇天將軍，你就是我們心中的英雄，我們願意跟隨英雄一起出生入死。**我們烏桓人從來不問敵人有多少，只問敵人在哪裡**，請天將軍下命令吧！」

高飛道：「好！趙雲、張郃、褚燕你們跟我走，其他人全部留下，這一次，我們要讓鮮卑人見識一下烏桓突騎的真正實力！」

話音落下，趙雲、褚燕重新抖擻精神，讓士兵拿來他們最拿手的兵器，跳上馬，便和張郃、烏力登以及七千烏桓突騎，跟隨高飛朝北急速馳去。

此時的遼河果然如高飛所預料的那樣，水位漲了不少，原先鮮卑人留在岸上的船隻全部被上漲的河水給沖得無影無蹤。

看著波濤洶湧的河水，步度根陷入了極度的迷茫之中。他和手下在岸邊來回奔跑，就是找不到可以渡河的地點以及船隻。

他仰天長嘆一聲，絕望地叫道：「天神啊，難道您對薩滿說的話都是假的嗎，為什麼我會一敗塗地？」

正當步度根陷入苦惱之際，突然聽到背後傳來馬蹄聲。

「大人，是我們的人，我們的人都退回來了。」

步度根聽到身邊親隨興奮的喊道，卻提不起一點精神來，指著面前的遼河道：「沒有船，我們怎麼渡河？快令他們全部下馬，到附近的樹林裡砍伐樹木，做成木筏，現在雨小了，天明的時候也許河水會退下去，我們就可以渡河了！」

「諾！」

命令下達後，從望平城逃出來的兩萬騎兵便全體翻身下馬，提著馬刀到附近的樹林裡去砍伐樹木。

高飛帶著張郃、趙雲、褚燕、烏力登，和烏桓突騎奔馳了不到五里，便突然喊道：「停！後隊變前隊，回望平！」

「回……回去？難道就這樣放走那些鮮卑人嗎？」褚燕失聲道。

高飛露出陰笑，道：「放心，鮮卑人跑不了，大河阻斷了他們的去路，我們這時候去追擊，他們沒有任何退路，就會死戰到底，而且對方人數太多，打起來會折損許多兵馬，不划算，我們回去好好的休息一夜，等天明的時候再來攻擊不遲。」

趙雲、張郃異口同聲道：「主公是想擊敵半渡？」

「呵呵，聰明！**與其折損兵馬全殲那些人，不如保存實力擊潰敵軍**，只要有一個人過河去，草原上的人就會知道我們遼東郡的厲害，以後再想侵犯的時候，就會掂量掂量。如果全殲了敵軍，鮮卑人必定會再次大舉進犯，到時候對我們來說，必定會是滅頂之災。」

「主公深謀遠慮，想問題也如此深遠，確實是我們不能比的。」張郃、趙雲溜鬚拍馬起來。

高飛笑道：「如果不是烏力登那句話，我還不會想到呢。」

「我……將軍，你是在說我嗎？」烏力登受寵若驚地道。

高飛點點頭道：「你說你們敬重英雄，而且草原上的人也敬畏強者，既然如此，那我們就應該放一些人回草原，讓他們宣揚我們是如何的強大，這樣一來，草原上的人就會對這一帶有所敬畏。」

「哦……我懂了。」褚燕恍然悟道。

高飛將手一抬，道：「傳令下去，後隊變前隊，回望平休息一夜！」

回到望平之後，高飛讓人給這幾千突騎兵騰出一個地方，讓他們可以睡在舒適的床上，得到充分的休息。另一方面，高飛又親自視察傷兵，對傷兵噓寒問暖一番。

夜漸漸地深了，可是高飛的屋子裡還亮著燈火，他在桌上用繩子擺出彎曲的樣子，茶杯放在繩子附近，茶杯周圍擺還放了幾顆石子，原來他是用繩子當作遼河，用茶杯比喻成鮮卑騎兵，石子表示烏桓突騎。

他托著下巴，正在苦思冥想明天該用什麼戰術來擊潰大約兩萬人的鮮卑騎兵。

經過今天一戰，他的漢軍步兵一共戰死了一萬多人，幾乎和鮮卑騎兵的陣亡人數形成了一比一的結果。本來手下的軍隊就不多，一下子少了一萬多人，對他來說痛心不已，而且戰死的都是鮮活的生命。

思慮了一會兒，他的嘴角微微上揚，露出一絲笑容，便吹滅蠟燭，上床睡覺了。

第二天，驕陽一早便露出來，用它溫暖的光芒普照著大地。

遼河邊，步度根從睡夢中醒來，看到部下的族人在努力的紮著木筏，心裡感到一絲欣慰。

騎上馬，步度根來到河邊，看到水流已經不是那麼湍急，河水的水位也下降了，心裡無比的高興。

正當他還在高興的時候，忽然一個鮮卑騎兵來報，說發現大批烏桓突騎。步度根頓時大驚，當即下令道：「快渡河！」

這邊聲音剛落，那邊便聽到滾雷般的馬蹄聲，高飛一馬當先，身後張郃、趙雲、褚燕、烏力登緊緊尾隨，再後面便是七千雄壯的突騎兵。

「烏桓突騎來了！」

鮮卑人經歷過昨天的戰鬥，再加上一夜砍伐樹木、紮木筏的體力勞動，早已身心俱疲，此時見到勁敵來了，一時間，河邊散布的兩萬騎鮮卑人頓時陷入恐慌，趕忙將紮好的木筏放入水中。

可是，樹木經過昨夜的雨水沖刷，木頭沾滿了水，濕漉漉的木筏放入水中，不但沒有飄起來，反而沉了下去，被河水給捲走了。

步度根看到這種情況，急中生智，當即指著一個小帥喊道：「你帶人去將馬鞍卸下來，綁在木筏下面，快！」

小帥跳上馬背，招呼一群人策馬來到最前面，大喊道：「前有大河，後有追兵，我們就拼死一戰，護送大人過河！」

鮮卑人不愧是馬上的民族，草原上的健兒，一聽到小帥的呼喊聲，陸續跳上馬背，迅速聚攏在一起，紛紛操起手中的兵器、弓箭，抱著必死的決心，將身上最後的一點血性施展出來。

趙雲、張郃策馬來到高飛身側，張郃道：「主公，看來鮮卑人是要背水一戰了。」

「太好了，再聚攏多一點。」高飛拍手笑道，**這一切都在他的預料之中。**

趙雲、張郃都吃了一驚，用極為驚奇的目光看著高飛，不清楚高飛的話裡有什麼含義。

「褚燕，你帶一千突騎兵到左翼去。烏力登，你帶著一千突騎到右翼去。沒有我的命令，誰也不准進攻！」高飛下達命令道。

褚燕、烏力登齊聲應道，各自帶著一千突騎分散在左右兩翼。

鮮卑人越聚越多，在漫長的河岸上組成一堵人牆，步度根將綁好馬鞍的木筏放進水裡，見木筏成功地浮了起來，心中十分高興。

「快將木筏全部放進水裡，陸續撤退！」

步度根牽著自己的戰馬踏上木筏，在身邊幾個鮮卑勇士的護衛下撐著篙，順著水流朝下游慢慢漂去，再也不管河岸上的人了。

河岸邊的鮮卑人見自己的大人走了，紛紛效仿步度根，將木筏放入河水中，牽著戰馬跳上去，順流而下。

「主公，鮮卑人紛紛撐著木筏走了，現在不進攻的話，只怕會越走越多。」趙雲眺望著河岸，心急地對高飛道。

「主公，快進攻吧，鮮卑人一夜沒有休息，此時進攻，定然能夠將鮮卑人擊垮！」張郃怕一會兒人都跑光，就撈不到什麼功勞了，催促高飛道。

高飛淡定地道：「再等等，儁乂，你放心，我會給你立功的機會，一會兒就看你和子龍的了。」

趙雲、張郃兩人面面相覷，只能按下疑慮，抖擻著精神，準備一會兒大展身手。

又過了十幾分鐘，高飛看到越來越多的鮮卑人跳上木筏漂走，原本集結成一線的人牆也逐漸鬆動了，大聲喊道：「褚燕、烏力登，兩翼迂迴，左右夾擊！」

褚燕、烏力登早就等得不耐煩了，此時聽到高飛的命令，都歡喜的答道。

「趙雲、張郃，你們兩個率領四千五百騎猛攻敵軍正中央，務必要一口氣衝過去，將鮮卑人攔腰截斷。突破之後，分成一百人一隊，從不同方向殺進鮮卑人的隊伍裡，從內部將其攪亂。」高飛指揮趙雲、張郃道。

張郃、趙雲同時大喊一聲「諾」，便帶著四千五百騎衝了過去。

高飛回頭看向餘下的五百騎兵，喊道：「大家都做好準備，一會兒就輪到我們上場了！」

「天將軍威武！」五百烏桓突騎異口同聲道。

河邊的鮮卑騎兵看到烏桓突騎從三面攻擊而來，當即做出反應，紛紛利用手中的弓箭朝衝過來的騎兵射箭。

高飛注視著戰場，見無數的箭矢飛向烏桓突騎，心裡不免為其擔心，卻見烏桓突騎一個個翻身躲在馬肚下面，利用嫻熟的騎術避過頭上的箭矢，好一個蹬裡藏身，接著再從馬肚子下翻上馬背，手中的長戟猛然向前刺出，將前來的鮮卑人從馬背上突刺下來，鮮卑人一個個人仰馬翻。

趙雲、張郃兩人雙槍並舉，一左一右衝進鮮卑人的陣裡，長槍所過之處，前來阻擋的鮮卑人個個喪命槍下，鮮血不斷的噴湧而出，愣是殺出了一條血路，將鮮卑小帥給刺穿了身體。

兩翼的褚燕和烏力登也和鮮卑人衝撞在一起，一經近身，就開始了混戰。

高飛注視著前面的戰場，鮮卑人失去指揮作戰的小帥，陷入了各自為戰中，他見趙雲、張郃帶著四千多突騎兵，經過一番血戰，終於成功地將鮮卑人攔腰截斷，河岸邊的鮮卑人見到趙雲、張郃等人的到來，紛紛作鳥獸散，有的還來不及推木筏下河，自己就先跳入河裡。

趙雲、張郃按照高飛的指示，先驅散了河邊準備渡河的鮮卑人，緊接著一百人為一隊，分別向被切割成兩半的鮮卑人衝了過去。每一隊人都猶如一把匕首，惡狠狠地插進鮮卑人的身體裡，原本視死如歸的鮮卑人頓時失去底氣，整個戰場開始亂作一團。

「好！大家都準備好，把你們的武器全部舉起來，該我們登場了。」高飛向身後五百突騎兵大聲喊道。

「天將軍威武！」

高飛帶著五百突騎兵最後登場，看著前面混亂的局面，這五百人就如同一個巨大的鐵錘一樣狠狠的砸了下去，從鮮卑人的邊緣砸開一個口子，將那個口子撕裂的越來越大。

血戰正式進入高潮階段，大約一萬八千人的鮮卑人被數千突騎兵給徹底攪亂，鮮卑人只覺得前後左右都有突騎兵，咬牙混戰了一會兒，卻赫然看見步度根等人登上對岸，心裡的最後一點底氣全部喪失殆盡。

「殺！」隨著高飛的一聲怒吼，烏桓突騎如同摧枯拉朽一般在鮮卑人中間穿梭，長戟所過之處，地上便多出許多屍體。

高飛、張郃、烏力登、趙雲、褚燕如秋風掃落葉一般席捲了鮮卑人，那些鮮卑人在這支烏桓突騎的手裡顯得不堪一擊，攻打望平城時那種銳氣已經煙消雲散，換來的只有臨近死亡的恐懼……

第六章 猛將太史慈

但見空曠的地上兩匹駿馬馱著兩個健兒互相纏鬥，一連十個回合過去了，勝負依然未分。

高飛問道：「你們有誰知道他的姓名嗎？」

人群中，一個十幾歲的小夥子走了出來，喊道：「我知道，他就是東萊太史慈！」

一個時辰後，戰鬥結束，遼河沿岸屍橫遍野，血流成河。兩萬人的鮮卑騎兵只跑走一千多人，幾百人被河水淹死，剩餘的全部死在河岸上。可是突騎兵在混戰中也折損了一千五百人，雖然贏得了戰鬥，卻沒有人因此而感到開心。

高飛凝視遼河對岸，步度根和渡過河的鮮卑人早已經跑得無影無蹤，看來是對他們產生了畏懼。他長長地吐出了一口氣，自語道：「**一年之內，遼東可以安然無恙了！**」

餘下的人開始清掃戰場，將鮮卑人的一萬多具屍體挖了一個大坑，進行焚化，戰死的突騎兵則掩埋在附近的樹林裡。

這一仗也收繳了不少鮮卑人的馬匹及弓箭、戰甲、武器，對高飛來說，算是彌補了一些損失。

回到望平時，城外附近的丘陵上挖了許多坑，都是新埋下的漢軍士兵，足足有一萬三千人，這一次望平之戰居然死了那麼多人。

高飛嘆了口氣，看著漫山遍野的墳墓，心裡無比的痛苦。

在祭拜過戰死的士兵之後，高飛便帶著人下了斜坡。望平城已經成為一座死城，高飛讓趙雲帶著沒有受傷的士兵留守望平，向南後撤二十里，重新建立一座新城。

烏力登站在烏桓突騎的最前面，聚集在城東，看到高飛從遠處的斜坡上下來，當即翻身下馬，走了過去，右手捶胸，彎身道：「神勇無敵的天將軍，如今鮮卑人已經撤退了，相信其他各部也不會再侵犯遼東了，如今我們的任務已經完成，還要趕回去向我們的大王覆命，天將軍，歡迎你以後來昌黎！」

高飛拱手道：「還請你回去轉告你們家大人，就說一個月後，我定會派人送上厚禮，以作為這次出兵的酬謝。另外，我想從他那裡購進一些良馬，請他好好為我挑選，大約五千匹左右。」

「好的，尊敬的天將軍，那我就此告辭了，還請天將軍一路上多多保重。」烏力登又向高飛施了一禮。

高飛帶著部隊走在回襄平的路上，望平城則全權委託給趙雲，同時將褚燕、于毒和三千士兵也一併留在那裡，一方面幫助當地百姓建立新城，另一方面將那裡作為防守鮮卑人的一個軍事重地。

幾天後，高飛終於帶著雖勝猶敗的軍隊回到了襄平。

襄平城外，高飛從官道上策馬而來，荀攸和田豐早早就在城門等候。

「恭迎主公凱旋！」

田豐、荀攸二人一見高飛，便走向前去，同時拜道。

高飛說了聲免禮，看到兩人身後詞了許多陌生面孔，不禁問道：「二位先生，你們身後的都是什麼人？」

田豐笑了笑，走到高飛身邊，道：「啟稟主公，這幾日從青州東渡過來不少百姓，其中不乏齊地名士，有幾位更是海內知名的大儒，因為感激主公建了一座先賢館，得知主公今天凱旋歸來，特地在此相迎。主公，我來給你介紹一下吧。」

高飛聽了，一路上沮喪的心情立時去了三分，笑道：「還請田先生引薦。」

但見三位面容和善的長者來到高飛面前，三人拱手道：「久聞將軍大名，自平黃巾之後，屢立大功，又治理地方有方，剷除郡中惡霸，造福百姓，我等特來拜會。」

「先生，這三位是？」高飛看這三位都極有涵養，而且行為舉止透著一股文氣，趕忙問道。

田豐道：「主公，左邊這位是國淵國子尼，右邊這位是邴原邴根矩，中間這位是管寧管幼安，三位先生都是因為青州有黃巾之亂，而東渡遼東避亂的。」

「國淵、邴原、管寧，這三位不都是三國知名的大儒嗎？既然他們來到遼東，我理應利用這個機會招攬更多的名士，讓這些人幫我治理地方。」高飛打量著眼前這三個人，心中暗道。

「三位先生都是海內知名的名士，如今避亂遼東，我作為遼東太守，理應設宴款待一番。」高飛客氣地說完，扭臉對田豐道：「田先生，麻煩你帶三位先生以及眾位名士先回太守府，我安排下一些軍務之後，便即刻回府。」

「諾！」

待這些人跟田豐走後，他問向身邊的荀攸道：「荀先生，這幾天一切正常吧？」

荀攸報告道：「嗯，因為主公任命各縣縣令和縣尉得當，所以地方上平安無事，遼東已經趨於穩定。不過管寧、邴原、國淵三位大儒會來遼東，卻出乎屬下的意料，如果不是田豐及時發現，並且積極拜會他們，他們絕對不會來襄平居住的。」

「既然如此，我準備在襄平建一座聚賢館，將這些名士全部請到聚賢館裡，如果願意出仕的，就分派到各縣去處理政務，不願意出仕的，就留在聚賢館裡好好治學，平常也好教導百姓，傳授道業。」高飛規劃道。

荀攸笑道：「主公英明。」

「這次和鮮卑人打仗，雖然勝利，卻戰死了一萬三千人，兵力少了一半，你起草一份招兵的告示，派人分發到各個縣裡去，凡是前來應徵入伍的，每個人獎賞一百錢，弓馬嫻熟者可直接在軍中擔任各級職務。另外，從府庫中支出一千五百斤黃金，我要將這批黃金運送到昌黎，其中一千斤作為蘇僕延借兵給我的酬勞，五百斤用來購買良馬。」

荀攸聽到高飛又是招兵又是買馬的，心裡也燃起一股鬥志，想道：「看來主公是準備奮發圖強了。」

高飛回頭大聲叫道：「張郃！」

張郃從人群中擠了出來，抱拳道：「屬下在，主公有何吩咐。」

「無慮縣的百姓都應該回來了，無慮縣也成了一座空城，你這個縣令也不用當了，你回來繼續擔任遼東長史，給我好好的訓練軍隊。讓卞喜準備一下，帶一百騎兵護送黃金去昌黎，明天一早就出發，現在你帶著部隊回軍營去，讓傷兵好好的養傷。另外，擴建軍營，並且設立一個招兵處，這次招兵的事，由你全權處理。」

「諾！屬下遵命！」

安排完這些事情後，高飛便跟荀攸一同進了城，讓荀攸從府庫運出一些酒肉，犒勞所有士兵，並且額外支出一筆款項，作為戰死沙場的士兵的撫恤金。一切吩咐完畢後，這才回到太守府。

太守府大廳裡早已是賓客滿堂，高飛走進大廳，一邊拱手一邊笑著說道：「諸位先生，讓你們久等了，實在是不好意思。」

「大人軍務繁忙，還能從百忙之中抽出時間來宴請我們，對我們這些背井離鄉流落至此的人來說，已經是最大的寬慰了。」管寧頗有長者之風，長相俊朗的他當即寒暄道。

高飛走到座位上，他對管寧這個人很瞭解，管寧是管仲後人，在魏國是一個清高的名士，自幼好學，飽讀經書，一生不慕名利。與平原華歆、同縣邴原號為一龍，寧為龍頭，後來因厭惡華歆的為人，便割席絕交，在當時傳為一段佳話。

管寧一生講學，魏國曾經多次徵召，委乙太中大夫、太尉、光祿勳等重職，管寧都堅決不受，被後人譽為一代「高士」。

他看著面前的管寧，心中想道：「歷史上的管寧都不做官，估計我也請不動他，如此清高的人確實天下少有，不如就讓他留居遼東，當個傳播文化的教授也不錯，至少可以使遼東這種窮鄉僻壤的地方普及一下文化。」

「先生太過客氣了，諸位先生都是名動天下的高士，我高飛能有幸結識諸位，實在是三生有幸。遼東雖然地處偏遠，可民風淳樸，而且郡中的惡霸也已經

被我剷除了，諸位若不嫌棄的話，可以將此地當成第二故鄉，只要有我在，一定會以國士之禮厚待諸位。」

「大人禮賢下士，我謹代表眾人謝過大人了！」邴原聽了，也拱手道。

邴原和管寧齊名，加上華歆三個人，**華歆稱龍頭，邴原稱龍腹，管寧則稱龍尾**，在齊地這些名士裡，他的話當然具有代表性，當即呵呵笑道：

「諸位先生，我是武人出身，如果有招待不周的地方，還請諸位先生見諒。我準備在襄平建立一座聚賢館，請諸位先生到館中居住，也算是我對諸位先生的一點心意，還請諸位先生不要推辭。」

「這個嘛……」管寧遲疑了一下，道：「那就多謝大人了。」

「另外還有一件事，我的手底下大多都是粗人，對治理地方心有餘而力不足，而遼東郡下轄十一個縣，除去無慮縣已經荒無人煙外，尚有十個縣需要一個稱職的縣令，我想徵召諸位先生為郡吏和各縣的縣令，不知諸位先生可否願意？」

高飛見此時是個良機，便將心中所想的說了出來。

此話一出，在場的二三十位名士臉上表情各不一樣，有的顯得很興奮，有的卻無動於衷，但是所有的人都沒有說話，一時間大廳裡靜悄悄的。

良久，管寧、邴原打破沉悶，道：「我等都沒有經天緯地之才，只不過是偶爾舞文弄墨，研究經學的學士而已，至於治理地方，恐怕我等無法勝任，還請大人見諒。」

管寧、邴原的拒絕早在他意料之中，高飛道：「無妨，二位先生都是當世高士，既然想一心研究經學，我也不強求，但還有一事希望二位先生能夠同意。」

管寧道：「大人請講！」

「遼東地處偏遠，民風雖然淳樸，卻遠離王化，百姓對於許多先賢經典之學不甚瞭解，我想請二位先生待聚賢館建立後，留居聚賢館，教授好學之士，以弘揚經典之學。一旦中原穩定，如果二位先生想離開遼東的話，我必定會親自護送二位先生離開，只要先生在遼東一天，我會好好照顧好二位先生及家人。不知道我這個小小的要求，二位能否同意？」

邴原、管寧對視一眼，拱手道：「如果我等再拒絕大人的話，就是不識抬舉了。大人能對百姓如此厚愛，實是遼東百姓之福，我等甘願留在聚賢館，教授遼東好學之士。」

「哈哈，太好了。」高飛笑道。

國淵開口道：「子尼來遼東雖然只有數日，但是所過之處都能聽到百姓對大人的傳頌，大人如此愛戴百姓，子尼實在是佩服不已。子尼不才，願意用畢生所學替大人治理地方，使遼東百姓安居樂業。」

高飛聽後，哈哈笑道：「真是太好了，有國子尼挺身襄助，想必遼東日後必然會繁榮昌盛。」

「大人，我也願意助大人一臂之力！」

「我也願意！」

……

緊接著有二十多位齊地名士願意出仕，這樣一來，遼東的文職系統就算是正式建立了。對高飛來說，這是無比欣慰的事。

高飛端起面前的酒爵，高興地說道：「諸位先生，今日請開懷暢飲，不醉不歸！」

第二天，高飛獨自一人來到城外的軍營，走到城門時，看到許多人在圍觀城牆上貼著的招兵告示。

突然聽見一個粗聲念道：「凡是來參軍的，每個人都獎勵一百錢，而且弓馬嫻熟者還能直接就任軍中各級職務，天底下有這等好事？哼！我看這都是騙人的，都散了，都散了，沒什麼好看的！」

圍觀的百姓聽了，立時引起一陣騷動，對招兵告示上的條件不敢相信，陸續散開了。

高飛見一個大漢正在驅趕圍觀的百姓，立刻從人群中擠了過去，打量了一下這個大漢，問道：「剛才那話是你說的嗎？」

那大漢的皮膚呈現健康的古銅色，臉部稜角分明，有如刀削斧刻，眼裡射出兩道炯炯有神的目光。中等身材，和高飛差不多高，他那件沾滿塵土的短衫上衣只扣住底下兩個鈕扣，露出寬闊而又結實的胸膛。

他看了一眼高飛，沒好氣的道：「是又怎麼樣？」

「這可是太守府張貼的告示，你說出那樣的話，不是明擺著不相信太守大人嗎？」

「哼！告示上寫凡是參軍的都先給一百錢，而且弓馬嫻熟的還可以擔任軍職，這樣好的事情，我行走江湖多年，從未碰到過。**天下沒有白吃的午餐，說不定是太守大人想招收奴隸，想著法騙大家的**，這種好事，打死我都不相信。」

那大漢雙臂環抱在胸前，趾高氣揚的仰著臉，一副傲慢的樣子。

高飛環顧四周，見圍觀者越聚越多，而且臉上也充滿了疑惑，他聽那大漢的口音不是遼東本地，便問道：「聽你口音，不是遼東人吧？」

「當然不是，我是從青州避難來的。」

「哦，是青州人。」高飛看了看，見大多數人都帶著行李，而且身上落滿了塵土，一臉疲憊的樣子，便問道：「你們都是從青州來避難的嗎？」

眾人點點頭。

高飛伸出手指著城門邊一根長一丈，粗大約五十公分的橫梁，對那個大漢道：「告示上說的都是真的，如果你能將這根橫梁從這邊的城門舉到西門，再從西門舉著回到這裡的話，我就賞你一萬錢，怎麼樣？」

那大漢見高飛一身勁裝，帶著一股正氣，不禁道：

「你……莫非是太守大人？」

「不錯，我就是遼東太守、安北將軍、襄平侯高飛，我說話算話，如果你能按照我說的去做，我定會賞賜你一萬錢，也讓你們這些前來避難的青州人看看，我遼東太守府發出的公文，到底是騙人的，還是真有其事。」

未等那大漢回答，高飛轉身擠出人群，對守衛在城門口的士兵喊道：「你去軍營一趟，讓長史張郃把招募處搬到東門來，再讓他把準備好的錢全部運過來，只要是參軍的，參加一個發一個人的錢！」

「諾！」

那大漢和周圍的人群聽到高飛說出這樣的話，他們對高飛的名聲也略有耳聞，只是未曾想到站在面前的就是太守大人，眼裡都露出了欽佩之情。

大漢衝高飛道：「太守大人，如果我能將這橫梁舉個來回，你又真的給我一萬錢的話，那我就參加你的軍隊，不光是我，還有我的這些同鄉，他們都參加。但是，你必須讓我做軍司馬或者都尉，以我的能力，就算做個將軍都是綽綽有餘的！」

大漢說完便擼起袖子，露出兩隻有力的手臂來，抱起那根差不多三百斤重的橫梁，將橫梁放在肩膀上，每向前走一步，地面上就留下一個深深的腳印，可他的臉上卻沒有顯出吃力的模樣，而且速度也比一般人要快，圍觀的人都驚訝得合不攏嘴。

大約二十分鐘後，那個大漢扛著橫梁回到了原地，擦拭了下臉上的汗水，徑直走到高飛面前，將手向前一攤，對高飛大叫道：「給錢！一萬！」

高飛讓張郃將早已準備好的一萬錢給了那個大漢，讚嘆道：「真力士也！」

那大漢聽高飛如此誇讚他，非但沒有喜悅，反而一臉的怒意，一把接過張郃遞過來的一萬錢，冷冷地道：「我不光是力士，我還是一員猛將！」

高飛笑道：「是不是猛將，你自己說的不算，我身邊這位是遼東郡的長史，論武力，他也可以算是我帳下出類拔萃的人了，如果你能在箭術和馬上對決中勝過他，我便讓你和他一同做郡中長史，分掌兵事，你可願意？」

大漢聞言，瞄了眼張郃，見張郃的眼裡射出道道森寒，面色冷峻，心道：「這人的武力應該不弱，如果我能打敗他的話，不僅可以證明我是一員猛將，還能當上郡中長史，那我和母親在遼東就有立足之處了。」

「好，比就比，不過，如果我要是打贏了他，還請大人在遼東為我安排一個住處。」

「可以，如果你真是猛將，我自然不會吝嗇。」

張郃冷笑一聲，道：「你好大的口氣，我要你見識見識，我張郃並非浪得虛名！」

高飛道：「為了公平起見，你先休息休息，等你休息過來了，再和張郃比試，馬匹、弓箭、兵器我都已經為你們準備好了。你們就在大家的眼前比試，讓大家給你們做見證！」

誰知那大漢一擺手，大喝一聲：「不用歇息了，何必浪費時間，要比的話，現在就比，正好我也好久沒有和人比試過了！」

高飛呵呵笑道：「好，你們兩個跟我來！」

那大漢和張郃一起跟著高飛來到早已布置好的臨時靶場，士兵給他們各送來一張大弓，以及三支羽箭。圍觀的人都一起跟了過來，也想見識見識這場比試。

高飛指著百步開外的箭靶道：「那箭靶離這裡尚有一百步遠，平常人很難在百步之外射中靶心，張郃的箭術雖然說不上是最好的，亦可百步穿楊。不過，對你，我卻一無所知，所以**能不能成為長史，到底是平常的力士還是猛將，就要看你自己的實力了。**」

那大漢經不起高飛的激將法，哼了聲道：「區區箭術有何難的？長史大人，你先射箭，我倒要看看長史大人的箭術如何了得！」

張郃見大漢對他十分不屑，當即拉開手中大弓，鬆動了一下弓弦，一支羽箭徑直飛了出去，連瞄準都不用。緊接著，又連續開弓，一口氣將三支箭全部射了出去。

「噗！噗！噗！」

三箭陸續定在箭靶上，在紅心位置呈現出一個品字的形狀。

在百步開外的士兵檢測了箭靶後，叫道：「啟稟主公，長史大人三箭皆中靶心！」

張郃將長弓拋到士兵手中，斜眼看著大漢，道：「怎麼樣？要是不行的話，

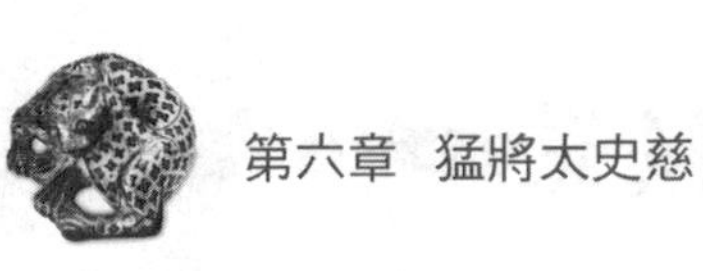

就趕緊認輸，一會兒要是射不中箭靶的話，豈不是要讓人笑掉大牙了嗎？」

那大漢臉上也是一臉的不屑，道：「雕蟲小技而已，何足掛齒！」

大漢轉過身子，朝高飛抱拳道：「大人，請給我一匹馬，我要在馬上射箭，站在平地上射箭對我來說太過兒戲了！」

高飛哈哈笑了一聲，隨後對身後的士兵做了個手勢，對大漢道：「有意思，如果你能在騎馬奔跑中將三支箭全部射中靶心，那就能證明你的箭術比張郃的要略微高出一點，那我就成全你！」

士兵牽來馬匹，大漢從士兵手中接過馬匹和弓箭，策馬向南直行了一段路，然後調轉馬頭，大喝一聲，便策馬狂奔而來，在馬背上將三支箭矢全部搭在弓弦上。

見士兵準備拔去張郃射中的箭，大聲喊道：「閃開，不許拔！」

那大漢策馬而來，在顛簸的馬背上突然扭轉身子，一個蹬裡藏身，懸浮在馬的一側，同時將手中的弓箭拉滿，然後從馬脖子下一起放出三支箭矢，才重新翻身騎在馬背上，並且勒住馬匹，停在那裡，嘴角露出自信的笑容。

只聽見三聲脆響和三聲悶響，箭靶上原先張郃射中的箭矢被那大漢射出來的箭矢給分成了兩半，從箭靶上脫落下來，大漢的三支箭矢卻硬生生地定在箭靶上，箭矢的一部分射穿了箭靶，牢牢地釘在箭靶後面的樹樁上。

眾人看了都驚訝不已，高飛、張郃更是驚訝，沒有想到這外表看起來粗獷力大的漢子居然箭術如此高超。

那大漢策馬跑到張郃的面前，囂張地道：「怎麼樣，長史大人？還要和我比試馬戰嗎？」

張郃本就好勝，此時聽到大漢的挑釁，當即翻身上了馬背，回嗆道：「比！怎麼不比？就算你箭術好，也不見得能夠打得我！我在馬上十個回合……不！五個……三個回合就能將你擊敗！」

那大漢冷哼一聲，臉上帶著輕蔑，伸出一根手指頭，發下戰帖道：「一個回合！一個回合之內，我便能取你首級！」

張郃怒道：「大言不慚，那就手底下見真章吧！」

大漢扭頭對一個手持長戟的人喊道：「喂！把你手中的兵器借我用一下，等打敗了長史大人我再還給你！」

士兵剛才見識了大漢的箭術，對他的技藝驚為天人，不敢說半個不字，當即將手中的長戟雙手奉上。

「拿槍來！」張郃將手一伸，喊道。

他身邊的士兵自然不敢違抗命令，趕忙送上一桿長槍。

正當張部和那大漢就要策馬而動的時候，高飛突然站在兩人的中間，道：「刀劍無眼，點到即止，為了安全起見，我建議你們將槍頭和戟頭去掉，以免誤傷。」

張部狂笑道：「好，免得一會兒有人死在我的槍下！」

話音一落，張部用力將槍頭掰斷，只留下一桿木棒。

大漢也隨即掰斷長戟的戟頭，朝張部喊道：「放馬過來吧！」

高飛退走圈外，仔細想了想三國中數得上的名將，心中一驚，失聲叫道：**「難道這人是太史慈？」**

話音還在空中打轉時，張部和那大漢的馬蹄發出沉悶的響聲，只見兩匹快馬相向而行，兩人各自揮舞著手中的木棒，雖然沒有槍頭和戟頭，還是能讓人看出來，兩人施展的招式各不相同。

「托！托！托！托！托！」

兩匹馬相交的一瞬間，張部和大漢分別向對方攻擊了三招，兩根木棒擊撞在一起，你來我往，發出木棒產生的交響樂。

在兩匹馬分開的一瞬間，無論是張部還是大漢，兩人心裡都暗自佩服起了對方。

旁觀的高飛看到這一幕，不禁吃了一驚，心中暗暗想道：「這兩個人能在一個回合之內連續攻擊三招，確實是馬戰的高手，那個大漢無論是箭術還是武藝，都不在張郃之下，和趙雲倒有得一拼。」

緊接著，張郃和大漢便激鬥在一起，但見空曠的地上，兩匹駿馬馱著兩個健兒互相纏鬥，一連十個回合過去了，勝負依然未分。

高飛走到圍觀的青州避難者中，問道：「你們有誰知道他的姓名嗎？知道的話，說出來我賞錢一百！」

人群中，一個十幾歲的小夥子走了出來，喊道：「我知道，他就是**東萊太史慈**！」

高飛當即從懷中掏出一百錢，塞給那個人，喜悅地道：「果然是太史慈，我早該想到的。」轉過身喊道：「儁乂，子義，都住手，不要再打了，你們兩個都是猛將！」

「勝負未分，豈能就此罷手！」太史慈聽到高飛終於承認他是猛將了，心裡不免有幾分高興，但是他已經好久沒有遇到這樣實力相當的對手了，絲毫沒有罷手的意思。

張郃倒是很聽話，「諾」了一聲後，準備策馬回來，可是太史慈卻咄咄相逼，一桿木棒當先阻斷了他的去路，頗有橫掃千軍之勢，逼得他當即暴喝道：「欺人太甚！」無奈之下，張郃只能接著應戰，兩人不但沒有分開，反而爭鬥的比之前更加激烈了。

高飛看著爭鬥中的兩人，不禁道：「兩人武力都不弱，這樣打下去，沒有百八十回合根本無法分出勝負。幸虧他們手中都是木棒，要是換成了真刀真槍，說不定就要受傷了。」

想到這裡，高飛伸出兩根手指，在嘴裡吹出一個響哨。哨音落下，從不遠處跑來一匹全身烏黑亮麗的駿馬，在陽光下顯得十分神駿，正是高飛座下的寶馬烏龍駒。

烏龍駒颯爽英姿地跑了過來，高飛從士兵手中取來一桿長槍，掰斷槍頭，縱身一跳，騎在正在奔跑中的烏龍駒背上，同時大喝一聲，朝正在憨鬥的兩人衝了過去。

張郃、太史慈廝打之中，忽然看見一團猶如烏雲般的黑馬馱著一個人快速奔了過來，只見高飛一個漂亮的回馬，兩人還沒做出任何反應，便猝不及防的被高飛當先一棒給分開了。

太史慈、張郃重重地摔在地上，等二人翻身站起來時，高飛已經策馬來到兩人面前，用木棒頂住兩人的胸口，喝道：「我讓你們停下來，你們都沒有聽到嗎？」

張郃狠狠地瞪了太史慈一眼，委屈地道：「屬下本想住手，可是這漢子卻不肯收手，屬下不得不全力應戰。屬下違抗了主公的命令，請主公責罰！」

太史慈用驚奇的目光看著高飛，十分訝異此人的身手，但是他從來都不認輸，加上剛才高飛又是突然殺出，讓他猝不及防才被刺落馬下，不服氣地道：

「你的武力不弱，只是剛才是你的馬太快了，又是趁我不備殺出來的，我不服氣，有本事你和我公平的決鬥，我絕不會讓你如此簡單的將我刺落馬下的。」

張郃聽到太史慈竟敢向高飛叫囂，怒道：「你這個漢子好不識抬舉，居然敢對我家主公如此說話？」

「哼！他是你家主公，又不是我的主公，憑什麼說不得？如果不是他突然出手，我早就把你一戟揮落馬下了。」太史慈眼中露出怒火，大聲喊道。

「你這個賊漢子，你胡說什麼，分明是我快把你刺落馬下了，你要是不服的話，咱們再來比過，看我怎麼收拾你！」

「什麼？你居然敢叫我賊漢子？你……你個死魚眼，咱們再來比一回，我絕對讓你輸得心服口服！」

「死魚眼？你居然叫我死魚眼？你這個挨千刀的賊漢子，比就比，誰怕誰？」

「死魚眼！」

「賊漢子！」

高飛聽兩人對罵起來，暴喝道：「夠了！你們兩個都別吵了！像你們現在這個樣子，以後還怎麼做獨當一面的將軍？」

兩人停止了爭吵，但是看向對方的目光中仍帶著怒意，哼了聲，將頭扭到另外一側。

高飛從馬背上跳下來，徑直走到兩人的中間，一手抓住張郃，另一隻手抓住太史慈，道：「你們不用比了，張郃是猛將，太史慈也是猛將，從今以後，你們兩個就是遼東郡的左右長史了，分掌郡中兵事。」

張郃聽到這話，急忙問道：「主公，你說的是真的嗎，讓我跟這個賊漢子一起當長史？」

「儁乂，太史慈是一位不可多得的猛將，你應該對自己有一個這樣的好兄弟感到慶幸才對。你的心胸不至於那麼窄小吧？」高飛笑道。

張郃道：「我的心胸很寬廣，但是要我跟這個賊漢子一起共事，那我情願不當這個長史！」

「哼！要我和這個死魚眼天天見面，還不如殺了我！」太史慈在一旁不甘示弱地道。

太史慈心裡是想參軍的，不然的話，他也不會急著表現，張郃當眾羞辱他，還罵他是賊漢子，士可殺不可辱，他一把甩開高飛的手，冷聲道。

高飛見張郃、太史慈都是爭強好勝的性子，當即靈機一動，對太史慈道：「太史子義，你想不想加入我的軍隊？」

太史慈冷冷地道：「想是想，不過有這個死魚眼在這裡，我就一點心情都沒有了。」

高飛道：「既然如此，那這樣吧，這幾天正在新兵招募，所招募到的新兵我會將他們一分為二，讓你們負責訓練，如果你們真的是猛將，就給我訓練出一支真正勇猛的軍隊。**一個月後，我會舉行一次軍演，看看你們訓練出來的軍隊，到底誰更厲害！**厲害的直接當將軍，太弱的就只能從小卒做起。不知道你們可願意接受這次的測試？」

太史慈聽了，看著高飛，不信地道：「大人說的可都是真的嗎？獲勝者真的可以當將軍？」

高飛點點頭，道：「我高飛說一不二，絕不食言。」

太史慈當即道：「好，那我就接受這次挑戰，看我怎麼將那個死魚眼打敗。」

張郃一心相當將軍，既然有這個機會，當然不會放過，亦點頭道：「賊漢子，看我怎麼打敗你！」

高飛見兩人的鬥志被激發出來，哈哈笑道：「對手歸對手，但是對手可不能成為仇人，你們都是一流的戰將，**想贏過對方，就要在實力上勝出**，別整天在嘴上罵來罵去的，以後要是當了將軍，這樣的話，豈不是讓手底下的人恥笑嗎？」

張郃、太史慈漸漸平息了心中的怒火，對高飛道：「主公，屬下知錯了！」

高飛聽太史慈也喊他主公，哈哈大笑道：「好，知錯能改，善莫大焉，今日太史子義彰顯了箭術神威，我遼東從此以後又多了一員猛將，如果不一醉方休的話，豈不是對不起這種結果嗎？走，太守府裡，我讓人設宴款待……」

「主公，請恕屬下不能從命。屬下的母親還在十里之外的路上，屬下不能在此逍遙快活，而將母親留在路邊風餐露宿。」太史慈道。

高飛聽後，當即道：「嗯，子義真孝子也！這樣吧，我派一輛馬車，跟你一道去將你的母親接來，然後在太守府裡，我親自為你們接風洗塵。」

「多謝主公，子義感激不盡！」

高飛隨即讓人駕著馬車跟隨太史慈去接人，又讓人回太守府準備酒宴。

城門邊，圍觀的百姓都看到了剛才的一幕，見高飛重用前來避難的太史慈，他們背井離鄉，在遼東也沒有田地，衝著凡參軍者賞一百錢的獎勵政策，紛紛踴躍參軍。

太史慈將他的母親接到襄平之後，高飛設宴款待了他們，並且在城中給太史慈找了一處住處，暫時讓太史慈在襄平當個縣尉。

這幾天，襄平城十分熱鬧，高飛的心情也十分好，從望平城回來後，陸續有齊地的名士前來投效，又有太史慈這樣的猛將加入，於是高飛重新任命了各縣縣令，召回龐德、華雄、周倉、廖化、夏侯蘭、公孫康五個人，讓趙雲、胡彧繼續擔任望平和番漢的縣令，全權處理當地的軍政事務，褚燕、于毒帶著三千軍隊繼續留守望平，由趙雲統一指揮；田豐負責建造的聚賢館選在襄平城南三里的一片風景優美的丘陵上，也正式開始施工。

太守府裡。

高飛、荀攸、國淵正凝視著遼東地圖。

只見高飛指著地圖上新昌到平郭一帶的四個縣，緩緩地道：「這四個縣都是多山少田的地帶，然而，在這些山裡卻藏著豐富的資源，一個多月前，我親自去勘探過，這裡有煤礦、鐵礦、金礦等資源，四個縣的百姓差不多有六萬人，青壯年應該有兩萬多人，這樣一來，開採這些資源的工人就有了。」

荀攸接著道：「平郭有金礦，也是時候動用起來了，如今我們招兵買馬，府庫裡的錢財用了不少，加上主公又免除遼東一年的賦稅，這樣一來，府庫根本不會有收入，屬下建議應該立即開採金礦，有了錢，其他的事都可以迎刃而解。」

國淵的思想畢竟是老一套的，隨即說道：「主公，中原剛剛經歷了黃巾之亂，如今黃巾餘黨仍然猖獗，致使田地荒蕪，有些地方都已經餓死人了，正所謂民以食為天，如果沒有糧食的話，就算有再多的黃金也無濟於事。遼東一帶缺少良田，府庫中的存糧雖然尚可夠遼東全郡人口支持兩年，但如果不重視生產的話，兩年後遼東就會陷入饑荒。屬下不才，想請主公在遼東開墾荒地，鼓勵百姓多多從事生產，興修水利灌溉良田，這才是民之根本啊。」

高飛聽了，道：「子尼先生說得不錯，我之所以今天讓子尼先生來，就是為了此事。除了那四個縣以外，襄平一帶有遼闊的平原，很適合發展成遼東的糧倉，而且這一帶水資源豐富，興修水利的話極為容易。子尼先生，我希望由你出任典農校尉一職，負責在襄平一帶開墾荒田、興修水利一事，不知道先生可否願意？」

國淵拱手道：「主公如此器重子尼，子尼又怎麼會推辭呢，子尼必定會盡心盡力的完成主公所交託的任務。」

高飛笑道：「很好，子尼先生，我再給你二十名齊地名士作為屬吏，由子尼先生帶領他們，相信必定能夠事半功倍。另外，再派遣一百親衛保護子尼先生的安全。」

國淵感激地道：「多謝主公厚愛，屬下一定不辜負主公的厚望，將襄平開發成遼東的糧倉。」

送走國淵後，高飛對荀攸道：「荀先生，開採礦產的事，先從金礦入手，煤礦、鐵礦也可以同時進行，徵召民夫進行開採，工錢按月結算，至於工錢嘛，就按照每個人每個月開採出來的數量計算，這樣一來，可以大大激勵工人的勞動力。」

「諾！」

「平郭那裡有一座鐵廠，暫時先不開放，等到了冬季的時候，煤、鐵都開採得差不多了，就一起運過去，這些天，我會再去一趟平郭，將鐵廠改造一下，變成一座煉鋼廠。」

「煉鋼廠？」荀攸還是頭一次聽到這個詞彙，不解地道。

高飛笑道：「對，就是煉鋼廠，生鐵百煉成鋼，在堅硬度上要遠遠高出生鐵許多倍。如果能夠建成煉鋼廠，用鍛造出來的鋼打造兵器和裝備的話，可以大大減少在戰鬥中的傷亡。」

對荀攸而言，高飛就如同先知一樣，對許多事情的預料遠遠超過任何人。他聽完高飛的解釋之後，便道：「屬下明白了，那屬下明天就去平郭，先從開採金礦入手，同時傳令各縣縣令徵召民夫，到當地進行煤礦和鐵礦的開採。」

高飛又拿出一個卷軸，交給荀攸，道：「這是礦洞搭建的示意圖，我已經畫下來了，這是一項非常艱巨的任務，所以開鑿的時候一定要注意人身安全，以免發生礦難。」

荀攸接過卷軸，見卷軸上面畫的步驟十分清楚，而且一旁還有文字解說，該用什麼材料，都寫得一清二楚。他合上卷軸，對高飛道：「主公放心，屬下必定全力完成這個任務。」

「嗯，公孫康、夏侯蘭都已經回來了，我讓他們帶著兩百人和你一起去，路上要是遇到廖化的話，讓他也跟著你，這件事關係重大，一個人恐怕心有餘而力不足，所以多給你一些人作為下手，方便先生行事。」

「屬下明白。」

話音剛落，但見孫輕從門外走來，後面還跟著一位身穿官服的黃門侍郎。

「啟稟主公，朝廷來聖旨了。」一進大廳，孫輕便拱手道。

那黃門侍郎一臉的疲憊，顯然是經過許多時間才到的，將聖旨從寬大的袍袖裡取出來，朗聲道：「安北將軍、遼東太守、襄平侯高飛接旨！」

高飛見那黃門侍郎風塵僕僕，對孫輕道：「聖旨拿過來我看，送這位大人去驛站休息，好生款待。」

那黃門侍郎臉上現出一絲驚詫，沒想到高飛會這樣對他，便轉身跟著孫輕走了。

高飛待那黃門侍郎跟孫輕走了以後，打開聖旨，匆匆流覽後，哈哈笑道：「好傢伙，看來何進是下了血本了，哈哈哈！」

荀攸聽後，好奇地道：「主公，聖旨上寫的什麼？」

高飛將聖旨遞給了荀攸，輕聲道：「你自己看看。」

荀攸接過聖旨看了一遍，不禁讚嘆道：「驃騎將軍，這可是個高官啊，而且還封侯萬戶，哈哈哈，看來主公在大將軍的心中尤為重要啊。」

「重要不重要我不管，但是要我去京師，我絕對不幹。先生，你以我的名義寫一道奏摺吧，儘量委婉一點。」

「屬下明白，主公放心。」

「另外，再起草一份公文，在遼東各縣境內公開招募鐵匠，並且將這道公文和招兵公文儘量散布的遠一點，這次我們大肆擴軍，一定要好好利用這段短暫的和平時間，爭取訓練出來一支強大的軍隊來。」

「諾！」

幾天後，荀攸和國淵這兩支分遣隊同時進行一連串的活動，一方面是為開採礦產做準備工作；一方面則是動員襄平一帶的百姓開墾荒地、興修水利；工業、農業在悄然改變遼東的新格局。

另外，襄平城的招兵也進行得如火如荼，每天都差不多有兩三百人前來應募，新招的士兵都暫且被安置在襄平城外的新兵營。

從青州東渡的百姓也陸續來到襄平一帶，在良好的環境下選擇在襄平落戶，襄平城外突然多出許多村落。於是，高飛決定推倒襄平城牆，**將襄平城向外擴建十里，並且將原先的田家堡重新建立成一座新城，正式命名為襄平縣城，將原來的襄平城更名為遼東城。**

半個月後，聚賢館正式建立完畢，管寧、邴原等名士正式入住聚賢館，開始收徒授業。

第七章

堅壁清野

「這裡……這裡……發生了什麼事情？」

「看這烈火焚燒過的痕跡，差不多有一兩天時間了，屬下聽說樂浪太守心狠手辣，常常做出一些喪盡天良的事，看眼前這個情形，應該是樂浪太守施行的堅壁清野策略。」胡彧答道。

平郭，鐵廠。

高飛來這裡已經五天了，五天的時間裡，為了改造這座鐵廠費了不少功夫。他在不改變原有鐵廠的機能上，讓人另外建立了一座煉鋼爐。

煉鋼爐建成後，高飛早讓人運來所需要的鐵礦和煤礦，開始進行實驗性的冶煉。

這天，太陽當空高懸，荀攸按照當地規矩，在煉鋼爐周圍擺了祀台，以祈求神明保佑。

高飛對祭祀一點興趣都沒有，他一直在檢查各個細節，看還有疏漏沒有。

這座煉鋼爐是他親自設計的，煉鋼爐的下面是一個偌大的房間，房間裡堆滿了易燃的木材和荒草，同時還鋪墊了一些煤。在房間的上面是一個長長的煙囪，有三層樓那麼高。

煉鋼爐的周圍還有四個大型鼓風箱，龐德、華雄、太史慈等人都守在風箱周圍，只等著點燃煉鋼爐了。

煉鋼爐經過長時間低溫烘烤，現在就等著點火了，拿著鐵鍬的士兵隨時準備將冶煉出來的生鐵塞進去。

祭祀儀式完成後，荀攸走到高飛身邊道：「主公，萬事已經俱備，就等著點火了。」

高飛點點頭，對一旁的士兵喊道：「拿火把來！」

士兵將準備好的火把遞給高飛，高飛點燃了火把，走到煉鋼爐的進料口那裡，將點著的火把扔了進去。

煉鋼爐內都是易燃之物，一碰到火星，立刻燃燒起來，火勢漸漸開始蔓延，將煉鋼爐內所有的易燃物迅速吞噬。

不一會兒，隨著爐子裡的爐火越來越旺，爐頂上也冒出一陣黑煙。黑煙越來越濃，高飛揮手喊道：「華雄、龐德、太史慈、周倉，拉風箱。」

「好咧！」華雄等人同時叫道。

華雄、龐德、太史慈、周倉同時拉開鼓風箱，催動著爐內的煤火越來越旺，不一會兒，黑色的煤變得無比通紅。

此時，煙囪裡冒出來的煙越來越大，很快就又變成越來越小，而通紅的火光開始從裡面冒了出來，帶出來的還有漫天飛舞的灰燼。

隨著風箱越拉越快，爐頂的火焰也越來越高，高飛估摸著已經燒得差不多了，對站在上料處的廖化等人喊道：「可以了，上料！」

廖化答應一聲，便帶著人開始朝煉鋼爐內添置煤炭。加完煤炭，又開始添加

堆放在旁邊的鐵礦石和石灰石。鐵礦石和石灰石都被砸成核桃大小，連續裝了有十二石的礦石和若干石灰石以後，這才停了下來。

如此反覆作業，連續進行了好幾個小時，人累了就換人，輪番上陣。

「可惜這裡沒有水源，不然的話，借用水利進行繁瑣的工作，可以省去很多人力。不過這是第一次試煉，等一爐鋼煉成後，或許就能輕鬆不少了。」高飛看到這種情形，自語道。

「主公，照這樣的燒法，得燒到什麼時候？」荀攸問道。

高飛道：「煉鋼需要的就是時間，可能要很久，何況咱們這是第一次煉呢。這樣吧，你讓人都回去休息吧，我留下二百個士兵駐守在這裡，明天一早你們來看成果就可以了。」

荀攸點點頭，道：「主公，這些天你一直忙著建造煉鋼爐，都沒有好好休息，不如由屬下在這裡看著，主公回縣衙休息休息吧。」

「不，這些東西你們不懂，我得親自看著，萬一出差錯，那這幾天的辛苦都白費了。」高飛道。

「可是主公，你是萬民之主，身上肩負著重大的責任，萬一……」荀攸苦勸道。

「放心，我自己的身體我自己知道，辛苦就只是這幾天，只要第一爐鋼材冶煉出來，後面的就輕鬆了。另外，將鐵匠叫來，一旦鋼材冶煉出來，就地取材進行鍛造，趁熱打鐵鍛造兵器。」

「諾！」

煉鋼爐一直燃燒了整整二十個小時，第二天一早，荀攸帶著人來了，來看看這煉鋼爐裡的所出的成果。

高飛看著攪煉爐的溫度已經升到差不多的時候，把堵在出鐵口的擋口石挪走，用長長的鐵釬把封住鐵口的黏土搗開，一股橘紅色的鐵水順著溝槽通過預熱室，進入到攪煉爐內。

周圍響起一片歡呼聲，這幾天的艱苦勞作終於得到回報。

高飛可沒有時間歡呼，他眼看差不多了，趕緊又用石頭和黏土把出鐵口給堵住。攪煉爐內一次容納不了那麼多生鐵水，生鐵水進入攪煉爐後，高飛打開攪煉爐的爐門。

由於煙囪抽風的作用，火焰往外只噴了一下就又縮了回去，從燃燒室捲過來的高溫空氣經過爐頂的反射，直接打到位於爐床上生鐵水的表面上，泛起點點光亮。

高飛拿起由熟鐵打製的長長的攪煉棍，從攪煉爐口伸了進去，攪動著裡面的生鐵水，生鐵水受到攪動，和高溫的新鮮空氣接觸，裡面的碳和空氣中的氧氣迅速反應，放出巨大的熱量，冒出氣泡。

鐵水變得沸騰起來，到處滾動著，和豆腐渣一樣的鐵渣從鐵水中分離出來，堆到一旁。由於鐵的純度逐漸變高，熔點也隨之生高，慢慢地，鐵水形成一塊塊半固體的膠狀物，而後凝結成團，並在上面形成熟鐵斑點。

高飛用攪煉棒把那些鐵團鉤到爐口，大聲喊道：「鐵匠們！是你們發揮作用的時候了！」

一直守在煉鋼爐附近的鐵匠們聽到高飛的叫喊，連忙用鐵鉗把鐵團夾出來，放到正在轟轟作響的大型鍛錘上。

隨著鍛錘的高速錘擊，鐵團火花四冒，裡面的渣滓很快的被擠壓出來，變成火星飛走，體積逐漸縮小，顏色也由橘紅逐漸變暗，形成一個鐵棒。

鐵匠們把鐵棒放到一旁的鍛爐上加熱，準備再次鍛打，並從攪煉爐內再次夾出一個鐵塊反覆操作。

太史慈在旁邊見高飛累得不行，上去接過高飛手中的攪煉棒，道：「主公！

你太累了，去休息一會吧，這裡讓我來！」

一會兒，太史慈也累了，龐德便接過太史慈手中的活，大家輪流幹。鐵匠們則把放到鍛爐中的鐵塊進行再次錘煉，以達到心目中的要求。

一段時間後，在眾人的積極配合下，地上已經堆滿了純鋼製成的長戟。

「真快啊！」高飛一邊擦汗，一邊興奮地說道。

到了中午，負責煉鋼爐的士兵基本上掌握了攪煉和鍛鋼的技術，一天下來，煉鋼爐邊堆放的原料少了下去，堆放的鋼戟則越來越多。

看著將近三百來根鋼戟，高飛心裡別提有多高興了，順手握起一根冷卻的鋼戟，興奮地舞動起來。

第一爐試煉成功後，高飛照樣在鐵廠附近搭建了好幾座煉鋼爐，讓那些鐵匠全部都有活做，按照他的意願鍛造出鋼槍、鋼劍、鋼刀、鋼戟以及鋼製的箭頭，並且讓公孫康、夏侯蘭負責從各處運來煤礦和鐵礦，暫時以平郭鋼廠為鍛造基地，讓廖化負責鋼廠的日常事務。

另外一方面，荀攸則負責金礦的開採工作，這一帶的事情解決後，高飛便帶著太史慈、華雄、龐德、周倉等人回遼東城，準備訓練招募來的新軍。

回到遼東城，為期一個月的募兵就此完結，所招募到的新兵人數以遼東當地人居多，其中一部分為青州東渡避難的，加在一起一共有兩萬三千人。

他挑選出最精壯的三千人交給華雄、龐德訓練，剩下兩萬人一分為二，分別交給太史慈和張郃訓練。

另一方面，遼東城的擴建工作正在火熱進行中，聚賢館也正式開課了，高飛下令，只要是想學習的，不論男女都可入館學習。

可是，饒是有了這道命令，男尊女卑的想法還是沒能完全打開，真正去學習的女人，只有歐陽茵櫻一個人而已，而且還是管寧、邴原看在高飛的面子上才肯親自教授的。

太守府的後堂裡，高飛正在用自己的知識製作灌溉農田用的翻車，這個工具在現代社會早已失去了作用，不過，在三國這個農業並不發達的年代，這樣的灌溉工具還是很有用的，只不過，高飛是偷借了馬均的發明，提前將翻車發明出來而已。

「呼！好累啊！」高飛長長的吐出一口氣，看著面前製作而成的翻車模型，心裡頗感欣慰。

「郎君，國淵大人來了，正在大廳等候呢。」貂蟬踩著小碎步走了進來，欠身對高飛說道。

「嗯，我這就出去。貂蟬，小櫻在聚賢館學習了，你在家裡要是一個人悶得發慌的話，不如也去吧，學習寫字、認字，怎麼樣？」高飛拿起剛剛做好的翻車模型，對貂蟬笑道。

貂蟬怔了一下，遲疑道：「郎君，賤妾……也能去嗎？」

「當然，我不是已經發出告示了嗎，不論男女，人人平等，雖然這告示未必能改變什麼，人們的觀念一下子不可能扭轉過來，但是我堅信，只要我們一起朝這方面努力，一定會讓社會大眾的想法慢慢轉變的，你要是不想去聚賢館的話，那就讓小櫻回來以後教你吧，你教小櫻音律和舞蹈，讓小櫻教你識字讀書，算是技能互換，這樣以後你一個人在家的時候，也可以看看書啊。」

貂蟬點點頭道：「郎君的話，賤妾記下了。」

「還有，以後別賤妾賤妾的了，既然平等的話，以後你就直接稱呼自己『我』，再說，你是我明媒正娶的妻子，不是妾，更不貧賤，知道了嗎？」

「是，郎君的話賤妾……不，我銘記在心。」

「好，我去前廳了，怕國淵大人等得急了。」

來到前廳，國淵正等候在那裡。

「子尼先生，請坐，今日找你來，是有一件事情要交託你去做，還請子尼先生不要推辭。」高飛一臉笑意地道。

國淵道：「主公有什麼事儘管吩咐，子尼必會竭盡全力完成。」

「這裡有個翻車模型，是用來灌溉農田的工具，我已經畫出圖紙，並且詳細寫上安裝的步驟，你且拿去，在興修水利的同時，大量製作這種灌溉工具，遇到大旱之年時也好派上用場。」

「諾！主公，屬下有一友人，避亂來到遼東，頗有商賈之才，屬下知道主公帳下缺少能人志士，所以屬下斗膽推薦。」

「商賈之才？嗯，先生的朋友叫什麼名字？」

「姓王名烈，字彥考。」

「王烈？」

高飛仔細回想這個人物，似乎在史書上看到過，便道：「既然是先生的好友，又有才華，那我就不再過問了，直接讓他來太守府便是，先隨先生一起處理農業方面的事，每月俸祿與先生均等。」

國淵歡喜地拜道：「多謝主公，屬下替彥考謝過主公了。」

高飛笑道：「不必多禮，以後要是還有可用的人才，先生不必吝嗇，儘管推薦過來，只要確實有才華，我自當委以重任。」

「諾！主公今天所交託的事，屬下一定會盡力去完成的。如今荒地已經開墾出來五百多畝，用不了多久，遼東城在主公的帶領下，必定會成為整個遼東的糧倉。」

「嗯，先生公務在身，我就不打擾先生了，還請先生多多用心。」

「諾！屬下告退，主公保重！」

「啟稟主公，卞司馬回來了，還從遼東屬國帶回大批良馬。」一個親衛走了進來，報告道。

「哦？讓他快進來。」

隨後，卞喜風塵僕僕地走了進來，手上還捧著一件用布遮擋的物品，一進大廳，便拜道：「屬下幸不辱命，從遼東屬國烏桓人那裡購買了五千匹良馬，特來覆命。」

高飛道：「免禮，卞喜，你手上拿的是什麼？」

「哦，這是遼東屬國烏桓大人蘇僕延獻給主公的一件禮物。」卞喜一邊說著，一邊將布給掀開，露出禮物。

高飛驚奇地道：「這是……這是……」

「啟稟主公，這是紫貂衣，蘇僕延大人聽說夫人有傾國傾城的美貌，特別命人將這件貴重的禮物獻給主公，以表達蘇僕延和主公結義友好的一番心意。」

卞喜將紫貂衣遞給高飛，高飛撫摸著那件紫貂衣，手感真不錯，問道：「蘇僕延那邊有什麼情況嗎？」

卞喜答道：「蘇僕延十分感謝主公送去的酬金，並且將無慮縣讓給他，為了表達友好和感激，蘇僕延除了送上這件紫貂衣外，還讓屬下帶回三千烏桓突騎兵。他說主公缺少騎兵，將這三千烏桓突騎兵作為禮物送給主公，希望和主公能夠世代友好。」

高飛笑道：「無慮縣靠近遼東屬國，西北和遼西接壤，北部臨近鮮卑人，如果我不放棄的話，對遼東十分的不利，所以我才會轉手送給蘇僕延，讓他暫時替我統治那裡，等到遼東的整體實力上來之後，我將會吞併整個幽州。」

「主公這招**以退為進**，確實是個妙招，屬下佩服得五體投地，這是屬下沿途經過遼東屬國所繪製的大致兵力分布圖，還請主公過目。」

「呵呵，近朱者赤近墨者黑，看來你跟在我身邊那麼久，也漸漸開竅了。你辛苦了，休息幾天，之後正式入駐軍營，龐德、華雄、太史慈、張郃正在訓練新招募的新兵，如今軍營裡尚有一萬老兵，你和周倉、管亥就負責訓練這一萬人吧。至於那三千烏桓突騎兵，風俗習慣和我們漢人不同，就暫時在城北建立一座軍營，讓他們居住。」

「諾！」

之後的日子就這樣平凡的過著，遼東的局勢已經完全穩定下來，高飛每天都忙得不可開交，一方面要去視察國淵、王烈所進行的開墾荒地的成果，還要去巡視軍隊的訓練成果，另外一方面還要密切注意各種礦產的開採工作，基本上沒有多少時間休息。

越是繁忙，高飛越覺得開心，這代表遼東正在一點一點的發展中。

他現在最思念的就是賈詡和盧橫了，賈詡和盧橫已經離開好幾個月了，這幾個月來，除了有寥寥一封報平安的書信外，就什麼都沒有了。

他覺得自己像個聾子一樣，對中原的局勢毫不知情，除了從青州東渡的百姓那裡得知青州鬧黃巾，朝廷徵召良將進行討伐之外，再也沒有任何消息了。

不過，最值得欣慰的是，新招募的那兩萬三千人的軍隊，經過大半個月的訓練，在紀律上已經有了明顯的變化。

天氣也隨著時間的變化一天比一天涼，轉眼便進入了十月。

遼東城西南五里外的丘陵上，當陽光穿透薄霧，使薄霧逐漸消散時，才將丘陵上的景象展現出來。

丘陵上一道隆起的高崗上站滿了人，這些人都是遼東城的百姓，在高崗下面則陳列著兩個整齊排列的方陣，每個人都握著兵器，穿著盔甲，在方陣的最前面，兩名戰將面目猙獰，針鋒相對。

「得得得……」

從高崗上飛馳下來一匹烏黑色的駿馬，馬背上馱著遼東的統治者，他就是高飛。

高飛一身勁裝，策馬狂奔，來到兩個方陣的中間，朝那兩員針鋒相對的戰將招了招手。

兩員戰將一個手持一桿大戟，背後插著十把小戟，另一個則手持一桿大槍，兩人在高飛的招呼下，徑直來到高飛的身邊，互相對視一眼，同時抱拳道：

「主公！」

「子義、儁乂，一月期限已到，今天是你們正式比賽的日子，**我不光要看你們訓練出來的士兵如何，還要看你們指揮軍隊作戰的能力如何，**話我就不多說了，要是有什麼要求的話，現在可以提出來。」高飛看了看兩人說道。

太史慈道：「主公，開始吧，我等這天已經等得不耐煩了，今天過後，我就是將軍了。」

「哼，你少說大話，有我在，這將軍絕對不會讓你當成。」張郃不服道。

「好了，你們都認識兩個月了吧，怎麼還是見面就吵？就不能互相讓一步嗎？你們是不是都沒有要求？」

「沒有！」張郃、太史慈異口同聲道。

「好，那就開始吧，看到紅旗飄動就進行作戰，看到白旗飄動就停止。」高飛囑咐道。

「諾！」

高飛策馬上了高崗，從馬背上跳下來，來到華雄、龐德、周倉、卞喜、管亥等人所在的地方，喊道：「紅旗！」

旗手立刻揮動紅旗，緊接著戰鼓被擂響，一通鼓聲過後，但見下面張郃、太史慈兩支部隊瞬間展開了陣勢。

高飛坐在木樁上，看到張郃軍正中間的兩千刀盾兵迅速衝了上去，兩翼的弓箭手緊隨其後，長槍手、弩手則在原地待命，不由笑道：「看來張郃挺著急的嘛！」

再看太史慈軍，但見太史慈的軍隊突然陣形散開，整個軍隊形成一個雁行，刀盾兵散在兩邊，長槍手護衛在隊伍的最後面，中間的弩手半蹲在第一排，身後的弓手拉滿了弓箭，在太史慈一聲令下之後，便將箭矢全部射了出去。

戰鬥一觸即發，空中飛舞而出的箭矢立刻射倒了張郃軍衝在最前面的幾百刀盾兵，緊接著開始放出第二波箭矢。

這是高飛精心準備的一次軍事演習，士兵所拿的武器均是木刻的，箭矢也是木刻的，但是只要是被箭頭射中身體的，就算死亡；被對方的木刻武器碰到的，也同樣算死亡，必須立刻躺在地上裝死。

為了激勵士兵的熱情，高飛制定了一個獎勵政策，每個士兵的身上都有一個木牌，凡殺死一個敵人，並且取得木牌的，就獎勵一百錢。但為了防範作弊行為，令所有的士兵互相監督，凡是發現有作弊行為的，同樣獎勵一百錢，而作弊的人，就得挨十軍棍。戰鬥的結束是由一方主動投降，或者由高飛視情況而喊結束。

「主公這次只設立了一個將軍，太史慈和張郃為了搶到這個頭銜，這一個月沒少下功夫，看來主公這種激勵政策，還是十分管用的。」田豐看了眼高崗下面打得如火如荼的戰鬥道。

高飛笑道：「他們兩個都想當將軍，但是兩個都互不服氣，唯一的辦法就是讓他們真正的在戰場上對決一次。這是軍事演習，可以算作戰爭的一種演練。」

田豐道：「主公英明！」

高飛對身後的華雄、龐德、周倉、管亥、卞喜等人道：「仔細看清楚了，以後我還會舉行同樣的軍事演習，到時候可就輪到你們上場了。」

「諾！」五人異口同聲地答道，眼裡則緊緊地盯著高崗下面的戰鬥。

兩萬人的部隊裡沒有騎兵，這是為了減少不必要的受傷而安排的，再說，兩萬新兵都不太會騎馬，就算會的，也不是很純熟，所以只能全部用步兵代替。

此時，張郃軍的先頭部隊已經快速的衝了上去，太史慈散在兩翼的士兵則立馬包圍了過去，雁行陣的兩支翅膀立刻將張郃的先頭部隊包圍在裡面，此時，太史慈的弓弩手紛紛後撤，待在最後面的長槍手則迅速衝了上去。

張郃軍的弓箭手開始朝混戰中的人群亂射，弩手也緊接著衝了上去，長槍手則在張郃的帶領下迂迴繞過戰場，朝太史慈所在的後軍衝去。

雖然只是演習，但是士兵為了能夠拿到獎賞，都拼命地廝殺，用盡一切辦法先碰到敵人的身體，混戰變得十分的激烈。

高崗上，管亥看著戰場，喊道：「糟糕，太史慈把全部近戰的兵都壓了上去，後方因而空虛，張郃則趁機帶著長槍手衝過去，看來太史慈危險了。」

「未必！弓弩手的殺傷力在真正的戰鬥中絕對是出人意料的，就算張郃帶著士兵衝了過來，如果被弓弩手包圍的話，也是死路一條。以我看，太史慈之所以這樣做，是在故意誘敵。張郃求勝心切，中了太史慈的計策了。」華雄用手拖著下巴，反駁管亥道。

「不對不對，張郃似乎知道太史慈要用這種計策，你看，他的刀盾兵雖然被太史慈包圍了，可是仍然能夠守禦得十分嚴密，看來是受了嚴格的訓練。張郃只用兩千刀盾兵便攪混了太史慈的所有部隊，**要說引誘的話，張郃才是真正的引誘**！你看，他已經帶著長槍手改變方向，去解救被圍的刀盾兵了。」龐德搖搖頭，冷靜地分析道。

高飛聽著幾個人的評論，心中不勝欣慰，**這正是他為什麼要讓這幾個人在背後觀戰的原因，所謂旁觀者清，這也是培養他們以後對戰場千變萬化的一種訓練**

方式。

他可以明顯地看出來，張郃用兵老道，遠遠高出太史慈一籌，或許太史慈在箭術和武力上高出張郃，但是他要的是真正能指揮作戰的將軍。

他斜眼看了一下田豐，問道：「先生以為如何？」

田豐同樣也聽到了華雄、龐德、管亥等人的議論，淡淡地笑了笑道：「戰鬥仍在繼續，**勝負猶未可知也！**」

高飛見不斷有人倒地，張郃軍絕對性的優勢擊潰了太史慈的刀盾兵和長槍手，使得一部分人紛紛後退。

突然，就在他認定張郃要打敗太史慈的時候，只見太史慈和所有的部隊全部後撤，以最快的速度撤退到丘陵上面，餘下的一千刀盾兵擋在第一排，長槍手堵在盾牌兵的縫隙處，弩手分散在防禦線的兩翼，弓箭手在後面仰天拉滿弓箭，防禦頓時變得密不透風。

張郃軍士氣正盛，看到太史慈的軍隊退到丘陵上，當即綽槍策馬，領著背後的士兵，大叫一聲「殺」，便朝丘陵衝了上去。

太史慈的嘴角露出一絲詭異的微笑，大喊一聲「放箭」，但見弓箭手每個人都抽出三支箭矢，搭在弓弦上，將箭矢射了出去，在兩翼弩手的配合下，立即將衝上來的張郃軍士兵射倒一大片。

張郃的座下馬中了十幾支箭矢，他為了不違反規則，當即從馬背上跳了下來，卻見又是一撥遮天蔽日的箭矢射了過來，他急忙用手中的長槍揮舞遮擋，卻不料還是有一根木箭射到了他的前胸。

他臉上一怔，萬萬沒有想到自己會死在亂箭之中，帶著一絲不服氣，無奈地趴在地上。

這時，太史慈暴喝一聲，指揮著剩下的軍隊全部衝了下去……

高飛看到這一幕，從木樁上站了起來，臉上帶著不可置信的表情，因為從一開始，他就認定在歷史上身為魏國五子良將之一的張郃會獲勝，從未想過太史慈能夠打敗張郃。他不禁地鼓起了掌，讚嘆地道：

「太史慈真是一員不可多得的將才！」

「張郃也是一員良將，只是求勝心切，太過大意了，從一開始就沒有看透太史慈一直是以退為進，而且這些天來，太史慈不訓練近戰步卒，卻嚴加訓練弓弩手，使得他部下的弓弩手各個箭法精準。不過，屬下有件事必須要向主公說明白，不知道當講不當講？」田豐躬身對高飛道。

「先生有什麼話儘管說。」高飛道。

田豐緩緩說道：「張郃一開始就是郡中長史，太史慈初來乍道，又在這場戰鬥中贏了他，他的心裡肯定不好受，如果再讓他當小卒的話，只怕張郃會以為這是對他的一種羞辱。屬下以為，主公應該設立兩位將軍，讓張郃、太史慈仍處在一個官階上，雖然以後兩個人還會互不服氣，但至少不會因此仇恨，對主公而言，未必不是一件好事。」

「嗯，先生說得很對。就連我都為張郃輸掉這場戰鬥而感到惋惜，更別說是他自己了，先生願意代替我去安撫安撫他嗎？」高飛道。

田豐笑道：「主公放心，就算主公不說，屬下也會如此做的，為主公分憂解難，是屬下應該做的。只是，現在還請主公將太史慈、張郃召來，當眾賜予將軍名號，以免二人之間生出嫌隙。」

高飛點點頭，對身邊的旗手道：「打白旗！」

白旗晃動，戰鬥停止，裝死的人都紛紛起來。張郃也從地上爬了起來，一臉的喪氣，慢悠悠的來到高飛身邊。

太史慈則是心情十分愉悅，一見高飛，便興奮地道：「主公，我贏了！」

高飛笑道：「嗯，很好。」

張郃上來後，太史慈趾高氣揚的道：「長史大人，怎麼樣啊？要是不服氣的話，咱們再來比過！」

張郃垂頭喪氣的，什麼話也沒說，面見高飛道：「啟稟主公，我……」

「好了，我都看見了。你前面用兵不錯，以兩千士兵攪亂太史慈的一萬人，可是後來你就有點輕敵了，一見太史慈撤退，想都沒想便衝了上去，結果中箭落馬。今天的這場比試，我心裡有底了，太史慈以退為進，後發制人，確實是一員不可多得的大將，張郃如果不是求勝心切的話，也不會冒失地衝了上去。所以，我宣布，**今天的比試結果是平局。**」

「平……平局？可是主公，分明是我贏了他，我已經將他射下馬來，他死了！」太史慈詫異地道。

「聽我說！這是軍事演習，如果是真正的戰場，估計張郃不會給你半點喘息的機會，你們兩個各有所長，張郃訓練的兩千刀盾兵，無疑是整個軍隊的主力，而你訓練的那三千弓箭手，也是整個軍隊的主力，所以我判定你們兩個平局。不過，為了公平起見，我讓你們兩個同為將軍。」

太史慈倒是個直腸子，也沒有什麼壞心眼，一聽說能當將軍了，便高興地道：「我打這仗就是為了當將軍，既然能當上將軍，我就心滿意足了。」

「我……聽從主公安排……」張郃帶著一絲羞愧地道。

高飛哈哈笑道：「從今以後，太史慈為偏將軍，張郃為裨將軍，你們兩個繼續帶領手下的一萬新兵，**張郃精通兵法**，**太史慈精通箭術**，**從今以後就以兄弟相稱**，不要一見面就像個仇人似的，要互相幫助，你們手中的軍隊也要在一起訓練。太史慈部隊的近戰能力不足，張郃就給予幫助，張郃的弓弩手射擊的不精準，太史慈就去指導一下，要讓這兩萬新軍在你們的手中變成一支精銳之師。另外，要加強士兵體能上的訓練，我見許多士兵都有點力不從心。」

「諾！」太史慈、張郃兩個人同時答道。

「報——」一個斥候從遠處策馬而來，拉著極大的長腔。

高飛從斥候手中接過書信，拆開看了以後，臉上現出喜色，喊道：「太好了，看來樂浪郡要落入我的手中了！」

眾人面面相覷，只聽高飛道：「太史慈、張郃，你們帶著部隊，統計士兵殺敵數量，然後將人數如數報到田主簿那裡，讓田主簿從府庫支出錢財，獎賞給士兵，你們兩個，每個人獎賞一萬錢。以後要多多合作，你們是朋友，是兄弟，懂了嗎？」

太史慈、張郃對視了一眼，眼中的仇視也漸漸散去，同時答道：「諾！」

高飛緊接著道：「華雄、龐德、周倉、卞喜，你們四個跟我走；管亥，你身上的傷還沒有痊癒，暫時留在遼東城，按照飛羽軍的訓練模式，繼續訓練那三千人。田先生，事情緊急，我必須急忙趕往番漢城，快則一月，慢則兩月，我必定會趕回遼東，這段時間就請諸位各司其職吧。」

「諾！」眾人答道。

田豐問道：「主公走得如此匆忙，是不是發生什麼大事了？」

高飛點點頭道：「樂浪太守欺壓當地百姓，搜刮民脂民膏，激起了民變，番漢縣令胡彧特派人加急送來密報，我必須趁此機會親赴樂浪郡，將樂浪郡收到我的治下。」

田豐抱拳道：「主公儘管放心離開，遼東這裡有我和荀先生，不會有什麼事的。」

高飛對華雄、龐德、周倉、卞喜道：「快回去收拾一下，午飯後我們便出發。」

回到太守府後，高飛簡單的拿了兩件換洗的衣服，帶上自己的遊龍槍，和貂蟬、歐陽茵櫻一起吃過午飯後，便離開了太守府。

臨行前，他還親筆給趙雲寫了一封信，讓趙雲密切注視玄菟郡的動向，他對上一次玄菟郡沒有出兵相助望平的事情一直耿耿於懷，他準備等到占領了樂浪郡之後，回來便對玄菟郡展開行動，先一步步的蠶食遼東周圍的郡縣，擴大自己的地盤和人口。

高飛騎著烏龍駒，帶著華雄、龐德、周倉、卞喜四人，和三千烏桓突騎浩浩蕩蕩的向遼東郡最東南的番漢城而去，邁出了作為一方霸主的第一步。

「屬下參見主公！」番漢城的縣衙裡，縣令胡彧站在大廳裡朗聲拜道。

高飛帶著三千烏桓突騎日夜兼程，終於抵達了番漢城，一進城也來不及休息，便立刻召見了胡彧。

他坐在大廳的上首位置，看了眼站立的胡彧，道：「不用多禮了，胡彧，你快將樂浪郡的情報詳細的做一番說明。」

胡彧「諾」了一聲，隨即朗聲道：「樂浪太守縱容手下欺凌當地百姓，並且加重賦稅，導致了民變。如今，民變已經持續差不多二十天了，樂浪郡大部分城池均被叛民攻陷，如今只剩下樂浪太守的治所朝鮮城還有些許兵力，不過也撐不了幾天了。」

「從番漢城到朝鮮城最快要幾天？」高飛皺起眉頭，問道。

胡彧答道：「啟稟主公，樂浪郡一帶的地形比較難走，就算是純騎兵隊伍，要從番漢到朝鮮城的話，最快也要五天。」

「五天？要那麼久？」高飛吃驚地道。

「是的主公，因為沿途要經過增地、渾彌、冉邯三縣，這三個縣都已經被叛民占領了，要想去朝鮮城的話，就必須突破這三個縣。」胡彧道。

高飛沉思了一下，雙目微微閉起，隨後緩緩張開道：「既然如此，那今天先休息一天，明天一早集結所有人馬向樂浪郡進發。」

胡彧「諾」了一聲，緊接著獻策道：

「主公，如今樂浪郡已經亂作一團了，如果我們要以救援為理由進兵樂浪郡的話，只怕會遭遇到叛民更加強烈的阻擋。屬下以為，遼東、樂浪都屬於偏遠地區，就算主公將樂浪郡占領了，傳到朝廷那邊，至少也是大半年以後了的事了，何況現在中原的局面並不穩定，屬下建議這次主公不要以支援樂浪太守為名出兵，而應該以『**有道伐無道**』為名出兵樂浪郡，這樣一來，我們的軍隊所到之處，就必然會受到當地老百姓的歡迎，也可以一鼓作氣直接攻下朝鮮城。朝鮮城是樂浪郡錢糧廣集的地方，只要攻破了那裡，主公就可以控制住整個樂浪郡。」

高飛聽了，點點頭對胡彧道：「很好，如今東面的高句麗、西面的烏桓，都和我們友好和睦的相處，只要在這個時候吞併樂浪郡、玄菟郡，不僅可以擴大所控制的領土，還可以增加統治的人口，只要將這三郡牢牢的握在手中，用心治理的話，不出兩年，必然能夠奠定下堅實的基礎。胡彧，就按照你說的去做吧，明日你隨同我一起出征，番漢城的事，就暫且交給縣尉處理。」

「諾！」

第二天早上，高飛集結了番漢城內的四千兵馬，一千是飛羽軍，三千是烏桓突騎，為了讓所有的騎兵都看起來裝束一致，他讓烏桓突騎穿上漢軍的衣服，在武器裝備上也幾乎配置得一模一樣。而且，他還正式將這三千烏桓突騎併入飛羽軍，作為他的主力部隊。

番漢城外，高飛一馬當先，身後華雄、龐德、周倉、卞喜、胡彧五個人帶領著四千騎兵等候在那裡，隨著高飛的一聲「出發」之後，大軍便開始急速向前行駛。

胡彧在番漢城沒有白待這幾個月，幾個月來，他一直在秘密收集樂浪郡的情報，並且時常以遊俠的身分混入樂浪郡，探查當地地形，並且繪製成圖，加上他對當地風情民俗的瞭解，一路上基本上沒有遇到什麼危險。

高飛按照胡彧提出的「以有道伐無道」的策略，起到了明顯的作用，在經過增地、渾彌、冉邯三縣時，基本上都是用懷柔政策來安撫當地叛變的百姓。他以遼東太守的名義對當地的百姓許諾，不僅免除當地賦稅，還答應他們要除去樂浪太守，所以一路上沒有遇到什麼困難，一行人很快便到了朝鮮城。

朝鮮城外，到處都是燒焦的村莊和樹林，大地披著被烈火焚燒的痕跡，還有許多被燒焦的屍體。

看到這一幕，高飛勒住了馬匹，登上高崗，放眼望去，朝鮮城上守衛森嚴，可是城外差不多五里的地方都成了一片焦土，不禁問道：

「這裡……這裡……發生了什麼事情？」

「看這烈火焚燒過的痕跡，差不多有一兩天時間了，屬下聽說樂浪太守心狠手辣，常常做出一些喪盡天良的事，看眼前這個情形，應該是樂浪太守施行的堅壁清野策略。」胡彧答道。

此時，從山坡下飛馳而來一匹健馬，馬背上馱著的人是卞喜！

他來到高飛面前，抱拳道：「主公，問出來了，屬下在方圓數里內搜尋了一番，在朝鮮城西那裡終於遇到一個活著的人，屬下從他的口中得知，兩天前叛民圍攻朝鮮城，結果被城中的官軍設下埋伏，在城外四周放起了大火，將朝鮮城外方圓三里內的人燒得乾乾淨淨。」

高飛怒道：「真該死！」

「主公，下令吧，只要主公一道命令下達，我們便帶著人將朝鮮城四面圍定，不出半日，必定能夠攻克朝鮮城。」華雄迫不及待的說道。

高飛凝視著遠方的朝鮮城，思考道：「樂浪太守進行堅壁清野的策略，也就是說，他不準備走出來了。如今我們剛到，並未接近朝鮮城，朝鮮城內肯定沒有人知道我們的到來，而且我們是漢軍，城內也是漢軍，我們為什麼要攻打自己的部隊？要奪取城池的話，不一定非要攻城。」

龐德目光中露出一絲光芒，猜道：「主公是想以援軍的身分騙開城門嗎？」

「呵呵，聰明。不過，並不是只有這樣而已。既然是以援軍的身分入城，那就要將這個身分利用得到位一些，入城之後，儘量減少不必要的傷亡，只要殺了太守和太守的親隨，其他的就好辦多了。」高飛分析道。

眾人齊聲道：「請主公下令吧！」

高飛道：「很好，一會兒你們不要輕舉妄動，華雄、龐德壓住陣腳，周倉、卞喜、胡彧三個跟我一起去太守府，將樂浪太守殺掉，華雄、龐德兵分兩路，一路搶奪糧倉，一路搶奪武庫，只要控制住這兩個地方，加上太守一死，城中的士兵群龍無首，到時候我們再施加壓力，就能控制住整個城池，**這是速戰速決的策**

略，也是對我們最有利的策略。」

「諾！」

商議完畢，高飛一馬當先，身後周倉、卞喜、胡彧三人緊緊尾隨，華雄、龐德二人則各自率領兩千騎兵跟在背後。

四千多人快馬狂奔，朝朝鮮城的北門奔馳而去。

朝鮮城的城樓上，負責守衛的士兵遠遠地聽到一撥騎兵的到來，定睛看見是漢軍的騎兵，旗手打著「安北將軍高」的旗幟，每個人都歡喜不已，急忙讓人去通報樂浪太守。

雜亂的馬蹄聲在大地上響起，高飛的馬快，最先奔馳到城下，揚起馬鞭，指著城牆上的士兵大聲喊道：「我乃安北將軍、遼東太守、襄平侯，聽聞樂浪郡發生叛亂，特率領兵馬前來平亂，快快打開城門。」

在古代，每個人都有一串長長的官職，而說出這些官職也是很有必要的，可以讓對方一開始便知道你的身分。高飛已經厭倦了這樣喊姓名，卻又不得不喊。

不多時，城門吱呀一聲打開了，一個身穿長袍的胖子從門洞裡走了出來，身後跟著從屬官吏，每個人的臉上都帶著歡喜的表情。

「未知高將軍到來，有失遠迎，還請高將軍恕罪恕罪！」那胖子太守一走到高飛面前，當即拱手道。

高飛見那太守紅光滿面的，也不怎麼理會，道：「太守大人，我在遼東一聽聞樂浪發生了民變，立刻就帶著部隊趕來增援，沿途路過增地、渾彌、冉邯三縣，已經將三地的叛亂平定了，聽聞太守大人被困在此地，特地領四千騎兵日夜奔馳而來。」

「高將軍辛苦了，請入城吧，本官已經讓人備下了薄酒，以款待高將軍的遠道而來。如今樂浪郡能夠得到高將軍的襄助，樂浪郡的叛亂看來也是指日可定了。高將軍，請！」樂浪太守一臉和氣地道。

高飛「嗯」了聲，拱手道：「還請太守大人準備一些營房，這些士兵皆已身心疲憊，需要好好的休息，只要休息一天，明天就可以去其他縣平定叛亂了。」

樂浪太守聽了道：「是是是，這個是必然的，高將軍儘管放心，到了朝鮮城，一定上好的酒肉伺候著，高將軍請入城吧！」

後面的騎兵陸續趕到，高飛朝身後的卞喜使了個眼色，隨即朝樂浪太守道：

「有勞太守大人了！」

樂浪太守帶著屬吏在前帶路，高飛一行人從城門魚貫入城。一進入太守府，高飛便聞到濃郁的酒香，看到大廳裡擺設著各色菜肴，他的嘴角揚起笑容。

樂浪太守道：「在下久聞高將軍大名，本想去遼東親自拜訪，只是公務纏身，未能親去。如今樂浪郡發生民變，高將軍以仁義之師出兵援助，確實讓在下感激不盡，今日設宴款待高將軍，還請高將軍不要見外，只要民變平定了，在下必當以厚禮相贈。」

高飛笑道：「太守大人太客氣了，遼東和樂浪郡脣齒相依，脣亡則齒寒，如果我不出兵相救，恐怕這場民變會殃及到遼東。」

「呵呵，高將軍一到遼東，便在短短的時間內除去了當地惡霸田氏，又傾力於治理百姓，我聽說遼東局勢穩定，就算樂浪郡被攻占，這場民變也絕對不會殃及到遼東的。等到平定了這場民變之後，在下一定親赴遼東，跟高將軍學習學習治理地方的才能，將樂浪郡治理成一個安定的地方。」樂浪太守端起酒爵，大拍馬屁道：「高將軍，請滿飲此杯！」

高飛端起酒爵，目光打量著大廳裡的人，粗略地數了數，大廳外面站著兩名士兵，裡面坐著樂浪太守和四名屬吏，朝坐在對面的周倉、胡彧使了個眼色，隨即將手中的酒爵一飲而盡。

周倉、胡彧會意，微微點頭，只待高飛一聲令下便即刻動手。

高飛和樂浪太守攀談著一些無關痛癢的事，有說有笑的，氣氛十分的融洽。

沒多久，便聽太守府外一陣雜亂的馬蹄聲響起，卞喜從太守府外慌忙地跑了進來，急急拜道：「主公，城內發生兵變，糧倉、武庫都被占領了。」

樂浪太守一聽到這話，嚇得面如土色，手中的酒爵也掉落於地，摔得粉碎，口中喃喃道：「怎麼會這樣？不可能，我對那些士兵不薄，怎麼會……快，快傳令下去……」

「太守大人！」高飛突然站了起來，臉上露出猙獰之色，「要平息這場兵變和民變，唯一的辦法就只有借太守大人的頭顱一用了！」

「什……什麼……你……」

樂浪太守見在座的高飛、周倉、胡彧以及後面趕到的卞喜同時拔出了利劍，嚇得連連後退，說不出話來。

高飛提著長劍走向驚恐不已的樂浪太守，二話不說，一劍刺穿了樂浪太守的心窩，接著斬下樂浪太守的頭顱，將頭顱拋給周倉，道：「是時候動手了，卞喜傳令華雄、龐德，接管城門，將士兵全部聚集在校場。」

「諾！」卞喜答應一聲，便朝太守府外走了出去。

隨後，一百騎兵衝進太守府，殺死幾個反抗的士兵，其餘的全部跪地投降。

高飛見太守府已經被控制住了，便對胡彧道：「你帶著這一百個留守在太守府，不許任何人進出。」轉身對周倉道：「你跟我走，到校場去！」

周倉拿著樂浪太守的人頭，隨高飛一起向校場方向走去。

兩人穿街過巷，街巷裡看不到百姓的身影，但是總感到有無數雙眼睛在盯著他們。

「主公，屬下總覺得有許多人在暗中注視著我們，我有一種不祥的預感。」周倉覺得毛骨悚然，不禁說道。

高飛不以為然地笑了笑道：「沒什麼好怕的，城中的百姓因為害怕樂浪太守，所以閉門不出，加上剛才華雄、龐德帶領的騎兵隊伍奪取了糧倉和武庫，給百姓造成不必要的恐懼感。我們現在要做的事，就是趕緊到校場。剛才樂浪太守說城中大約還有兩千士兵，為了避免不必要的衝突，將其收編是唯一可行的方法。」

「諾！屬下明白了！」

第八章

誘敵之計

站在城樓上的主簿看出了一絲端倪，正在大聲朝蘇正喊話，卻見蘇正帶著騎兵追了出去，雜亂的馬蹄聲蓋過了他的聲音，後面奔跑出去的步兵也捲起了一陣陣煙塵，「晚了，一切都晚了，這必定是敵人的誘敵之計。」

兩人來到校場，此時校場還沒有一個人，兩人便在點將臺上等候著。

不多時，守衛朝鮮城的士兵陸續趕了來，等到兩千人都進入校場時，華雄帶著一千騎兵堵住了校場的出口。

點將臺上。

高飛看著校場中一臉迷茫的士兵，朗聲道：「我是安北將軍、遼東太守、襄平侯高飛，你們的太守大人荼毒百姓，以至於惹起民變，要平息這場民變，只有用你們太守大人的人頭，所以，我已經將你們的太守大人殺了。」

話音一落，周倉向前兩步，將手中的人頭高高舉起，道：「這就是你們太守大人的人頭，你們要是還有一點良心的，就放下手中的武器，從此以後跟隨我家主公，洗心革面，為百姓造福！」

校場上的士兵紛紛起了議論，可是沒有一個人對太守大人的死有惋惜之語，眼裡都湧出極為痛恨的目光。

過了一會兒，嘈雜的聲音消失了，兩千士兵就像約定好了一樣，紛紛放下了手中的武器，跪在地上，異口同聲地道：「我等願意投降將軍，誓死效忠將軍！」

高飛笑道：「好，既然如此，那你們以後就是我高飛的部下了，你們繼續駐守朝鮮城，並且維持樂浪郡的安全，都起來吧。」

「諾！」

「我知道你們都是當地的百姓，今天將你們全部叫到這裡來，就是想借助你們的力量，去平息這場民變。從現在起，樂浪郡由我接管，我宣布廢除一年的賦稅，並且開倉放糧。你們已經被壓迫得夠久了，所以，你們各自回到本縣，告訴你們的親朋好友，只要放下手中的武器，我一概既往不究，你們願意為我做這件事嗎？」高飛又道。

兩千士兵大聲喊道：「願意！」

高飛滿意地道：「很好，那你們先回兵營收拾行李，吃飽午飯後，便各自回鄉。」

「諾！」

回到太守府後，高飛令龐德帶兵防守城池，讓華雄、卞喜將糧倉裡的糧食平均發放給城中的百姓，又寫好告示，讓士兵們攜帶著告示回鄉。

除此之外，高飛聽到城中百姓控訴樂浪太守全家的惡行後，下令將太守一家十三口人全部腰斬於街市，使百姓不用再懼怕受到太守一家的迫害。

半個月後，樂浪郡這次大規模民變終於平息，高飛讓各縣用推舉的方法選擇

他們心中理想的官吏，重新任命各級官員。兩千名士兵也都回到朝鮮城，帶回了百姓對高飛的歌功頌德。

這次樂浪之行可謂是不費吹灰之力，不僅平息了民變，還讓高飛占領了樂浪郡，可謂是大功一件。雖然樂浪郡比遼東還偏遠，但是全郡人口高達二十多萬，遠遠超過遼東的人口，讓他歡喜不已。

樂浪郡的叛亂也因為高飛的處理得當，民變不再發生，百姓也回歸正常生活。

太守府裡。

高飛對胡彧道：「我看樂浪郡的局勢已經安定下來，我準備回遼東著手準備下一步計畫了。」

胡彧問道：「是玄菟郡嗎？」

「呵呵，你很聰明，下一個目標就是玄菟郡。玄菟郡的太守蘇正手中握著一萬人馬，上次望平城一戰，我讓他出兵相助，卻遭到了拒絕，以至於害我們戰死了一萬多兄弟，如果當時他肯出兵襄助的話，或許我們就不會付出這麼大的代價了。而且，與遼西太守比起來，蘇正一直臥在我們的身邊，對以後的發展很不利，必須儘快除去這個威脅，否則後患無窮。」

「主公一走，那樂浪郡怎麼辦？難不成要交給當地的百姓來治理嗎？」胡彧問。

高飛笑道：「所以我今天才把你叫來啊。」

胡彧臉上一驚，問道：「主公的意思是……」

「沒錯，由你出任樂浪太守一職，代替我全權處理好樂浪郡的事務，樂浪郡東南是三韓之地，北邊是高句麗，這種局面，由你這個熟悉當地風俗習慣的人來鎮守，是最好不過的了。」高飛道。

胡彧驚喜道：「多謝主公厚愛，屬下必定竭盡全力，代替主公處理好樂浪郡的事。」

「嗯，我相信你。我已經寫好一系列的政務處理策略，只要在半年內使樂浪郡徹底穩定下來，你就是大功一件。我回到遼東後，會派一部分文士來給你做屬吏，幫助你處理日常政務。在軍備上，此地夾在三韓和高句麗之間，絕對不能掉以輕心。此外，為了不引起當地人的反感，我將四千騎兵全部帶回，那兩千當地降兵留給你，希望你好好的治理樂浪郡，這裡安定了，遼東才能安定下來。」

「主公放心，屬下一定不辜負主公的厚望。」

高飛哈哈笑道：「很好，我已經讓華雄等人做好準備，今日就回遼東。這是委任狀和樂浪太守的印綬，現在親自交給你。」

「諾！」

隨後高飛又安排了一些事情，吩咐完畢後，高飛便帶著華雄一行人頂著風雪踏上回遼東的路途。

路上，風雪無疑成了最大的阻礙。大地一到了這嚴寒的季節，一切都變了樣，天空是灰色的，刮了大風之後，呈現一種混沌的氣象。

卞喜在前面開道，周倉帶著兩百騎兵隨後，高飛走在中間，華雄、龐德押後，四千匹馬踩在雪地上，將雪和泥土混成了泥漿，馬蹄在泥漿裡滑來滑去，走起來十分的不穩。

高飛穿著從樂浪府庫裡找出來的狼皮大氅，他把身子縮在大氅裡，饒是如此，還是感覺到天氣的寒冷。路上除了高飛等人的四千騎兵外，再也找不到在這個時候行走的人。

當高飛帶著部隊抵達遼東城時，每個人的臉色都是鐵青的。

遼東城南門，賈詡、田豐率領著所有的官員等候在那裡，看到從官道上徐徐駛來的部隊，總算放下心來。

高飛騎著烏龍駒，看到雪地上站著兩排的人，隱隱約約看見賈詡的面容，立即策馬而出，未等賈詡等人前來參拜，便翻身下馬，一把握住賈詡的手，欣喜地道：「賈先生，你終於回來了！」

賈詡笑道：「主公不必擔憂，屬下臨走前曾經說過，少則半年，多則一年，屬下必定會從中原歸來。屬下在半個月前便回來了，聽說主公去了樂浪郡，所以便和田主簿一起在遼東處理政務，未及通報主公，還請主公見諒。」

高飛歡喜地道：「無妨，回來就好，回來就好，我正缺少人手，先生回來了，我們早晚也可以有個商量。對了，先生此去可曾將荀先生的家眷接回？」

「嗯，荀先生的家眷已如數接回，不過……屬下有負主公厚望，未能接回潁川士族，還請主公責罰。」賈詡抱憾說道。

「不妨事，只要賈先生平安歸來，就是最好的事了。」高飛並不在乎潁川士族，潁川士族出名的也就那幾個，估計早已被別人聘用了，只要賈詡歸來，他就心滿意足了。

接著田豐等人也和高飛寒暄了幾句，眾人一同進了城。

此時遼東城已擴建完畢，除了城牆的建設只完成一半之外，其餘各種設施應有盡有，從城南門到太守府足足有十三里路，一條主幹道貫穿遼東城南北的城門，和太守府門前的東西主幹道交叉在一起，形成一個十字形的格局，**遼東城也一舉成為東北，乃至整個幽州最大的城池。**

回到太守府後，高飛來不及休息，便和賈詡促膝長談。

「啟稟主公，這次中原之行，可謂收穫不小。自大將軍何進掌權之後，先後在京城進行了三次清除異己的活動，並且大肆任命親信擔任重要職務。其中，**袁氏是最大的受益者，袁紹成為太尉，袁術成了驃騎將軍**，而且在何進所任命的大批官員中，半數以上都是袁氏的門生故吏。

「現在的朝廷，袁氏的風頭依然蓋過了何進，只是何進被袁紹、袁術的花言巧語所蒙蔽，沒有覺察到任何異狀。以屬下看，**不出一年，何進就會被袁氏取而代之，到時候京城也會再次掀起一場腥風血雨，天下大亂是遲早的事。**」

賈詡一坐下之後，便報告他在中原所打聽到的情報。

高飛聽後，眉頭皺了起來，他沒有想到袁紹會如此厲害，居然將何進牢牢的控制在自己的手中，表面上為何進工作，實際上卻暗中謀私。

「袁紹這個傢伙表面上看起來挺和藹的，實際上心胸狹窄，他居然能夠有如此成就，看來是我小看他了。」

賈詡笑道：「啟稟主公，袁紹不足為慮，就算他竊取了大漢權柄，到最後也會被迫離京。雖然袁紹帳下有不少謀士，可是以袁紹那種性格，成不了多大氣候。**主公應該憂慮的人只有兩個，一個是曹操，另外一個是董卓。**」

「嗯，董卓這頭西北狼確實需要提防，不過他在西北，我在東北，風馬牛不相及，暫時可以放下不管。至於曹操嘛，這個人確實需要提防，不過他現在不是辭官回家了嗎，看來短時間內不會有所作為，等我占領了整個北方，或許他還是一個小小的太守呢，哈哈哈！」

賈詡當即皺起了眉頭，道：「主公恐怕還不知道曹操近況吧？難怪主公會說出如此話語……」

高飛急忙問道：「先生是不是知道曹操的近況？」

賈詡點點頭道：「屬下在盧橫等人的護衛下到達兗州的時候，突然遇到黃巾餘黨發生叛亂，黃巾餘黨的這次叛亂波及到了整個豫州和青州，成為繼涼州之亂後最大的一次動亂。朝廷為了平息這次叛亂，重新啟用了曹操，讓曹操以討逆將軍的身分在鄉里進行募兵，配合兗州官軍作戰。

「曹操在得到當地富紳衛茲的資助下公開在譙縣募兵，招攬了許多謀士和將領，帶著得到的五千精兵，先擊敗了豫州的黃巾賊，接著馳入了兗州，迫使兗州的黃巾賊流入了青州。曹操如今聲名大振，又招攬了不少兵將，緊接著進軍濟南、濟北、北海等地，連續擊敗青州以南的大片郡縣內的黃巾賊，並且將黃巾賊收編，選出三萬精銳編入軍隊，號稱**青州軍**，**作為他部隊的中流砥柱**。」

「曹孟德這個傢伙，居然能夠如此迅速的發展起來！他現在在什麼地方？」高飛聽完，心裡咯登了一下，**萬萬沒想到和曹操闊別一年，他就在中原迅速崛起**。

「曹操平息了青州南部的黃巾賊，加上一連串的戰鬥下來，使得他在兗州、豫州、青州一帶聲名大噪，朝廷中的袁紹又極力拉攏，便任命他為鎮東將軍，兗州刺史，率部駐守在兗州。」

「可惡！**曹操的運氣為什麼那麼好**？老子才剛剛攻下樂浪郡，他就成了兗州刺史，再進一步就可能成為兗州牧，一旦他成為兗州牧，那整個兗州就會在他的控制之中了。可惡！早知道他如此厲害，當初在洛陽的時候就該殺了他！」高飛後悔不迭。

「主公不必動怒，曹操雖然是兗州刺史了，但是中原一帶剛剛經受黃巾叛亂，人口大量流失，土地荒蕪，沒有個三五年的時間，恐怕無法迅速恢復過來。

如今我們雖然在遼東這個偏遠的地方，卻是一方淨土，只要使周邊穩定下來，廣集錢糧，招兵買馬，必定會成為爭霸天下的雄厚資本。」

聽著賈詡這番安慰的話，高飛笑道：「先生說得不錯，曹操雖然迅速崛起，可是如果沒有錢糧的話，實力上就會顯得很弱小。如今遼東日益穩定，百姓都安居樂業，只要我步步為營，穩紮穩打，必然能夠在實力上超越過曹操。」

賈詡道：「主公說得不錯。不過，屬下這次潁川之行確實是徒勞無功，因為沒有走到那裡便遇到了黃巾餘黨的叛亂，曹操起兵，在潁川一帶招募謀士，那些士族大部分都被曹操給網羅走了。所幸的是，屬下接回了荀攸的家眷，這樣一來，荀攸便可以安心在遼東輔佐主公了。」

「先生這次不算無功，遼東消息閉塞，先生從中原帶回關鍵的消息，這就是最大的收穫。」

「多謝主公讚賞，未能接到潁川士族，確實是一大遺憾。主公，要奪天下，必先占領整個幽州，然要占領整個幽州，主公必須得提防一個人，這個人將會是主公最大的障礙。」

「你是說……**公孫瓚**嗎？」高飛想了想，緩緩地道。

賈詡道：「不錯，公孫瓚十分的驍勇，這次青州黃巾叛亂，就是他帶著自己部下的三千騎兵平定了青州北部的叛亂，並且收降了大批民眾，被朝廷任命為右北平太守。加上烏桓人對他有著極大的恐懼感，這個人要是不儘早除去，幽州將無法完全落入主公手中。」

高飛聞言道：「公孫瓚我是一定要將他除去的，不光是他，還有他手下的劉備，這個大耳賊也是個禍害。我曾經三番四次的想招攬他，他卻不領情，那我也只能將他一併除去了，省得他以後會成為我的麻煩。」

賈詡並未見過劉備，但是聽到高飛對這個人十分的忌憚，便肯定這是個不簡單的人物。

他對高飛的野心很是欣賞，當即笑道：「主公已經占領了樂浪郡，下一步就應該占領玄菟郡。玄菟郡內尚有一萬士兵，臥榻之側豈容他人鼾睡，必須要將玄菟郡占領，只有這樣，才可以北禦鮮卑，東防高句麗。」

「嗯，我也是這樣想的，只是現在正值冬季，出兵不便，我想等明年開春之後再進攻玄菟郡。先生，你覺得這樣做如何？」

賈詡笑著點了點頭，道：「主公英明。」

北國的冬季十分的寒冷，被大雪覆蓋的遼東，許多事仍在如火如荼的進行著，礦產被一點一點的開採出來，士兵也在積極的訓練著，並且裝備了從煉鋼廠生產出來的武器。

高飛將荀攸、廖化召了回來，讓公孫康、夏侯蘭負責開採礦產和鋼鐵的生產，並且定期舉行軍演，加強軍事實力，為明年開春以後將要發生的戰鬥做準備。太守府裡由賈詡、荀攸、田豐三大謀士坐鎮，又有國淵、王烈等處理政務的高手，高飛的日子算是很清閒。

軍隊裡，太史慈和張郃各自統領著一萬五千人的步兵，兩個人一個駐紮在城南，一個駐紮在城北，守衛著遼東城的安全。另一方面，趙雲的望平城新建完畢，其部下三千名士兵也在加強訓練，並且秘密打造攻城武器，以及收集玄菟郡的情報。

日復一日，高飛有事沒事便會去聚賢館，視察一下管寧、邴原的教授情形，順便跟管寧和邴原套套交情。

就這樣，時間轉眼便過了三個半月。

遼東城，太守府。

「啟稟主公，屬下已經按照主公吩咐，一切都已經準備妥當了。」賈詡站在大廳裡，向高飛報告道。

高飛點點頭，當即走到荀攸和田豐的身邊，笑道：「兩位先生，我走之後，遼東的一切都拜託兩位先生主持了。」

荀攸、田豐一起答道：「諾！」

高飛衝賈詡道：「賈先生，我們走吧，別讓那些將士們等太久。」

「是，主公。」

話音落下，高飛在前走著，賈詡在後面跟隨，兩人同時騎上各自的馬匹，朝北門奔馳而去。

遼東城北門外，張郃、太史慈各帶著一萬士兵列陣在那裡，隊伍排成長長的隊形，刀槍林立，旌旗飄揚。所有的士兵都拿著鋼製的兵器，身上披著鐵甲，顯得十分威武。

張郃、太史慈頭戴鋼盔，騎在駿馬上等候在城門邊，目光眺望著城中的主幹道，兩人都是一副冷冰冰的表情，誰也不理誰。

這半年來，在舉辦過的三次軍演中，張郃以兩勝一負的戰績略勝太史慈一籌，而軍演也讓兩人互相認識到自己的缺點和對方的不足，增加了指揮部隊作戰的能力，彼此成了最強有力的對手。

「來了來了，主公來了！」太史慈看到高飛、賈詡策馬從城中駛出，歡喜地叫道。

主幹道上，高飛一馬當先，兩人一前一後的來到北門。

「參見主公，部隊全部集結完畢，只等主公下令。」張郃搶先道。

高飛微微笑了笑，道：「好，傳令出發吧！」

一聲令下之後，大軍便向玄菟郡的侯城進發。

侯城是玄菟郡的一個縣，在遼東城的北端，為了占領玄菟郡，高飛做了一番精心的部署。

早在半個月前，高飛便命令華雄、龐德、周倉、管亥、卞喜帶著七千飛羽軍到望平，接受趙雲指揮。

他將留守在望平歸趙雲統領的三千士兵全部培養成了騎兵，這次特地命令趙雲帶著望平的一萬騎兵對玄菟郡展開速攻，先攻擊與望平縣接壤的縣，然後再越過小遼水和高飛會和在侯城，一起對玄菟郡的郡城高句驪城進行圍攻。

大軍出發，高飛、賈詡二人走在隊伍的最前面，張郃、太史慈帶著兩萬步騎兵緊隨在後，官道上揚起了塵土。

「這時候，趙雲的軍隊已經展開攻擊了吧？」高飛一邊走著，一邊對身邊的賈詡道。

賈詡道：「嗯，望平和玄菟郡接壤，而且和最邊緣的屬縣遼陽也相距很近，趙雲的部隊都是騎兵，按照速度，半天就該跑到了，如今正午剛過，我看差不多已經展開對遼陽縣的攻擊了。」

高飛道：「這場戰爭是我們主動發起的，師出無名，所以必須以閃電戰的方式結束這場戰爭，如果時間拖太久的話，只怕會遇到抵抗。」

「呵呵，主公這次帶了三倍於敵人的兵力，目的不就是要一舉占領玄菟郡嗎？加上有趙雲的那一萬精銳飛羽軍在，以屬下看，我們到達侯城的時候，他們早已將侯城給占領了。」

「這是當然，為了這次行動，我足足等待了好幾個月，無論是士兵的訓練度和作戰技巧，都經過了嚴格的訓練，我這次要想在玄菟郡立足，就必須派遣駐軍，所以我才會帶著這麼多部隊去，別忘了，玄菟郡的地理位置十分的重要，東北是夫餘，東面是高句麗，西北是鮮卑常常出沒的地方，如果不留大量的駐軍的話，很可能會受到別人的攻擊。」

「主公想得很全面，屬下十分佩服。」賈詡稱讚道。

二月底的東北大地上，還殘留著一些未消融的積雪，使得官道上積雪和塵沙混在一起，被踐踏成堅實的硬塊。由於氣溫上升的緣故，這些雪堆漸漸變成灰色，鬆軟起來，表面也溶成一道道的小溝。

頭頂上的天空是蔚藍的，沒有一絲雲影，空氣裡好像有千百萬個發光的原子，像水晶似的閃爍、舞蹈。樹木也漸漸發芽，田野裡經常看到一些雀躍的動物，將這個早春烘托的十分美妙。

兩天後，高飛帶著大軍到了侯城。正如他所預料的一樣，侯城的城樓上插滿了「高」字的大旗。

「哈哈，果然不出我所料，看來趙雲的部隊已經將這座城池給占領了。」高飛看到城樓上飄揚著他的大旗，大讚道。

靠近城池時，趙雲帶著華雄、龐德、周倉、管亥等候在城門口，見到高飛，齊聲道：「屬下參見主公！」

高飛道：「免禮，子龍，你做得非常好，這兩天可有什麼傷亡嗎？」

趙雲全身披掛，當即抱拳道：「啟稟主公，屬下帶著人馬先攻遼陽，後克侯城，果然如同主公所預料的一樣，玄菟郡的太守蘇正根本來不及做出任何反應。不過，現在蘇正在高句驪集結了兵馬，企圖進行抵抗。」

高飛翻身下馬，道：「已經無關緊要了，這次之所以用三倍於敵人的兵力，就足以證明我很看得起他，而且玄菟郡也是一個重要的位置，不能掉以輕心。」

此時，賈詡、張郃、太史慈策馬過來，三人來到高飛身後，便朝趙雲等人拱拱手，卻並不說話。

趙雲見高飛身後出現了一張生面孔，問道：「主公，這位就是太史慈將軍吧？」

未等高飛回答，太史慈便主動站了起來，一臉笑意地道：「對，我就是太史慈，你是趙雲嗎？」

趙雲呵呵笑道：「正是我，我聽華雄、龐德他們說了，說你很厲害，只是我一直在望平駐守，並未回遼東城，所以無法與你見面，今日一見，果然是威風凜凜。」

太史慈聽到趙雲誇讚他，當即道：「你的事我也聽他們說過，今日一見，果然是一表人才，不同凡響。」

賈詡道：「好了，既然大家都認識了，那就進城吧，這裡可不是說話的地方。」

趙雲反應過來，急忙做了個手勢，對高飛道：「主公，請進吧！」

高飛「嗯」了聲，進入城池，後面的部隊魚貫而入。

進入城池後，高飛注意到城中百姓並未出現驚恐的面孔，似乎還很歡迎高飛等人的到來。

太守府的大廳裡。

高飛坐在上首位置，環視眾人道：「子龍，怎麼不見褚燕、于毒和卞喜？」

趙雲答道：「啟稟主公，卞喜、褚燕、于毒三人去打探消息去了，要晚上才能回來。如今蘇正將所有的兵力全部集結在高句驪城，屬下想確切的瞭解城中的情況，所以派卞喜他們去打探一下虛實。」

高飛道：「嗯，做得不錯。那我們開始說正題吧，賈先生，你講講這次的作戰計畫吧！」

高飛命人打開地圖，將地圖高高的掛了起來，向賈詡使了個眼色，道：「可以開始了。」

賈詡走到地圖旁，朗聲道：「據卞喜帶回來的情報，蘇正將全部的兵力集中在郡城裡，郡城是錢糧廣集的地方，城牆的防御十分堅固，如果強攻的話，只會拖延時間而已，所以只能用智取的方法，爭取速戰速決。」

在場的眾人點點頭，臉上充滿了自信，聆聽著賈詡的發言。

賈詡繼續道：「我軍三萬，敵軍一萬，以三倍於敵人的兵力展開進攻，對蘇正來說，是一種極大的壓力。所以，在增加這種壓力的同時，也要讓蘇正產生輕敵的心裡。我和主公已經商量好，準備在三天內結束戰鬥。趙雲！」

趙雲當即抱拳道：「末將在，軍師有何吩咐？」

賈詡道：「你帶領所部一萬騎兵今天便出發，先行在高句驪城外紮下營寨，休息一夜之後，第二天早上發動進攻，但是你要讓部隊表現出散漫的樣子，讓蘇正以為你帶的兵不過是一群烏合之眾，然後將蘇正誘出城池。」

趙雲答道：「諾！」

賈詡接著命令道：「張郃，你帶本部一萬馬步軍今晚出發，直達高句驪城外五十里的上馬嶺，在那裡設下埋伏，等到趙雲將蘇正誘出城池之後，你們便合力將其擊潰！」

張郃道：「諾，末將明白。」

賈詡吩咐完，朝高飛拱手道：「主公，屬下已經安排妥當了。」

「等等……軍師，為什麼不讓我出兵？」太史慈聽到賈詡沒有叫他的名字，當即抗聲道。

賈詡笑道：「這個嘛，主公會對你講的。」

高飛道：「好了，趙雲，你即刻就帶著一萬飛羽軍出發吧，張郃所部等用過晚飯後再出發，你們都可以下去準備了。」

「諾！」眾人答道。

趙雲、張郃、華雄、龐德等陸續離開大廳，只見太史慈還一直矗立在那裡。

「咦？子義，你怎麼還不去準備？」高飛見太史慈並未離開，當即問道。

太史慈道：「主公，我還在等你給我下命令呢。」

高飛笑道：「呵呵，沒有什麼命令了，你現在就下去準備吧，一個時辰之後，跟我一起去高句驪。」

太史慈一臉疑惑地看著高飛和賈詡，道：「主公，軍師，他們都有單獨行動的任務，為什麼不給我下達命令？主公和軍師是不是認為我無法攻取高句驪？主公只需要給我兩千騎兵，我就可以在明天午時攻下高句驪。」

賈詡笑道：「太史將軍，高句驪城牆高厚，而且戒備森嚴，如果沒有攻城器械的話，就算趙雲誘敵成功，城內也留有相對數量的軍隊，只要閉門不出，你根本無法攻取。」

太史慈哼了聲，不服氣地道：「軍師太看不起我太史慈了吧？就算是城牆再怎麼堅固，只要我部下的兩千弓騎兵跟隨我一起出擊，末將定教那些人乖乖的打開城門。」

高飛陰笑道：「此話當真？」

「末將甘願立下軍令狀，如果在明日午後無法攻取高句驪城獻給主公，末將願意將這顆人頭獻給主公。」太史慈拍著胸脯道。

高飛笑道：「我要你的人頭有什麼用？如果你真的要出兵的話，我可以給你兵馬，但是如果在時限之內你無法攻取高句驪城的話，你這個裨將軍也就不用做了，以後天天去照顧我那匹烏龍駒，怎麼樣？」

太史慈怔了一下，稍微想了想，道：「好，就這樣說定了，請主公給我兩千騎兵，明日午後，我必定將主公的大旗插在高句驪的城樓之上。」

賈詡道：「主公，千萬不可意氣用事啊，高句驪城牆十分的堅固，而且……」

太史慈急忙打斷賈詡的話，大聲道：「軍師！主公都已經答應我了，你就別在那裡婆婆媽媽的了，主公，我這就走……」

「等等，口說無憑，如果太史將軍執意要出征的話，就必須立下軍令狀！」

賈詡拿來一張紙，另一隻手拿著筆，對太史慈道。

太史慈揮筆便在紙上寫下軍令狀，並且簽署了自己的名字，寫完，一臉怒氣的對賈詡道：「軍師，我太史慈向來以信義為先，說到做到，絕不反悔，這樣總可以了吧？」

賈詡裝出仔細流覽的樣子，道：「嗯，這樣就行了。」

「子義！」

太史慈轉身便走，卻聽見高飛突然叫住他，他轉過身子問道：「主公還有什麼命令嗎？」

高飛道：「你將本部的三千騎兵全部帶走吧，既然要出兵的話，就必須要增加一些實力，剩下的七千步兵我親自帶領，希望到時候你不至於去給我餵馬。」

太史慈眼裡冒出精光，抱拳道：「諾，末將一定要將高句驪城攻下來獻給主公，請主公放心！」

「嗯，你一會兒就出發吧，暫時埋伏在城北，與趙雲的部隊錯開，等明日趙雲將城內士兵成功誘出之後，再發動進攻。」高飛交代道。

「諾！」話音一落，太史慈轉身便走，一副雄赳赳的樣子，連頭也不回。

看著太史慈離開的身影，賈詡拱手道：「主公，這樣真的可以嗎？」

高飛笑道：「軍師最擅於識人，難道還看不出太史慈的實力嗎？就算這次沒有趙雲、張郃的幫助，他也有用三千騎兵攻下一座城池的實力。我之所以讓趙雲和張郃進行掩護，目的就是想儘量減少傷亡，而且這也是速戰速決唯一可行的辦法。軍師可別忘記了，在遼東四萬的軍隊裡，只有他部下的那三千精騎是箭法最為精準的。就連那一萬飛羽軍，單憑箭術的話，也比不上太史慈的那三千精騎，他有這個實力。」

賈詡聽了，道：「主公的話，屬下明白了，那我們什麼時候出發？」

高飛道：「剩下的都是步兵了，要想在明日正午之前到達高句驪，必須在入夜後就出發，軍師，咱們也該做準備了。」

「諾！」

眾將從太守府裡出來後，趙雲率領著華雄、龐德、周倉和一萬騎兵即刻便離開了城池，朝玄菟郡的郡城高句驪而去。此外，太史慈也帶著本部三千弓騎兵離開城池，剩下的兵馬則全部在侯城裡休息，準備在入夜後開拔。

這幾個月，高飛不斷招兵買馬，將軍隊擴至四萬人，並且大肆發展騎兵，軍隊中的騎兵數量已經達到一萬八千人，所購的馬匹足足有三萬匹，一些騎術還不夠精良的士兵，只能暫時淪為步兵。

這次為了攻打玄菟郡，高飛動用了三萬裝備精良武器的軍隊，留在遼東城的那一萬人則是新招的士兵，訓練上還沒有達到一定的程度。為了提升自己軍隊的戰鬥力，他不僅將當初在陳倉訓練飛羽軍士兵的方法加以推廣，並且從軍隊中選出優秀的士兵，由專人負責加強訓練，在整體戰鬥力的基礎上加強部隊裡的精兵化。

太史慈所訓練的那三千弓騎兵，單論騎射技術來說，已經遠遠超越了整體戰鬥力非常兇悍的飛羽軍，一舉成為高飛部隊裡最為精良的軍隊。

除此之外，張郃所訓練的步兵，實力也是首屈一指的。但是若要論整體戰鬥力的話，還是飛羽軍最強，箭術、騎術、戰鬥技巧以及體能在各方面都能勝任，而且部隊裡還有烏桓突騎和高飛從涼州帶來的那些健兒，加上褚燕的那批山賊，算是精兵中的精兵。

兵不在多，在於精。高飛將這句話很好的運用到自己的軍隊中，但是在突顯精兵的同時，也不忘記提高軍隊的整體戰鬥力。

入夜後，高飛帶著賈詡、張郃等人一起出發，小小的侯城一下子便空蕩起來。

高句驪城外，趙雲、太史慈的軍隊經過一下午的疾速狂奔已經到達了，趙雲在高句驪城外十里下寨，太史慈則繞到高句驪城北隱藏起來，所有的工作基本上都做好了，只等明天的一場戰鬥。

高句驪城，太守府。

玄菟郡太守蘇正坐在太守府的大廳裡，正捧著斥候送來的密報，匆匆流覽完畢之後，還沒有來得及發表任何意見，便見又一名斥候從大廳外面走了出來。

「啟稟大人，遼東太守高飛的部下，由一個叫趙雲的人，帶領著一萬騎兵在城外紮起了營寨。」

蘇正中等身材，年紀大約三十多歲，下巴上留著一部山羊鬍，眼裡充滿了怒意，將手中的密報撕得粉碎，重重地敲擊了一下桌子，暴喝道：

「這個高飛，反了天了，居然敢擅自對我發動攻擊！短短兩天時間，便先後攻擊了遼陽、侯城，現在更直接衝著高句驪來了，傳令下去，全城嚴加防範，並且派出斥候，將此事稟告給刺史大人，讓刺史大人發兵平叛！」

「諾！」

高句驪城外。

大營周邊旌旗密布，負責守衛的士兵還是一如既往的堅守營寨，大帳內卻聚集了許多人。趙雲端坐正中，華雄、龐德、周倉、褚燕、于毒、卞喜環坐四周，眾人臉上都帶著無比的興奮。

「明天早上就可以行動了，大家今天晚上就回去好好的休息一下，雖然我們只是前來誘敵的，但是也不能被其他人瞧不起，我們是主公帳下最精銳的飛羽軍，是從四萬人裡面精挑細選出來的，所以，明天就拜託大家了。」趙雲拱手向眾人說道。

華雄道：「大人請放心，我們絕對不會給主公丟臉的，再怎麼說，我們也是從涼州一直跟隨主公到此的人。只是，我有點想不通……」

趙雲道：「想不通的事情就別再想了，我知道你在想什麼。你是不是在想，這次主公為什麼要動用如此多的兵力，對不對？」

華雄點點頭道：「對，論戰鬥的實力，我們飛羽軍要攻下整個玄菟郡都可以，我不明白為什麼主公還要派遣太史慈、張郃的部隊參戰，這樣一來，不是明擺著來搶我們飛羽軍的功勞嗎？而且主公還派遣太史慈在城北埋伏，看樣子這次是準備讓太史慈大顯身手。」

褚燕皺起眉頭，托著下巴道：「說到這裡，我也有點疑惑，就算不用攻城武器，我也可以很輕鬆的爬上城牆，可是……」

趙雲打斷褚燕的話，阻止道：「別可是了，主公這樣做，自然有主公的目的。以我看，主公之所以這樣做，無非是想試試太史慈的實力，你們別可忘記了，太史慈手下的那三千精騎，單論箭術的話，遠遠超越過我們飛羽軍。再說，以數倍於敵人的兵力攻擊敵人，這也是十分穩妥的辦法。你們要知道，我們都是飛羽軍的人，是主公帳下直屬的最精銳部隊，無論如何都要無條件服從主公的命令。我話就說到這裡，明日該怎麼做，我在來的路上就已經和你們說過了，現在大家都回去休息吧。」

「諾！大人也早點休息，我等告退！」在座的眾人都異口同聲地道。

趙雲看著眾人陸續走出營帳，當即向門外喊來一個人，吩咐道：「你速去城北和太史將軍取得聯繫，告訴他們，明日辰時，我會發動對高句驪的進攻，一個時辰內，我會盡可能多的誘出敵軍。」

「諾，屬下這就去太史將軍所潛藏的地方。」

「嗯，去吧，行動的時候小心點，別讓人給發現了。」

「諾！」

第二天辰時，趙雲率領大軍，帶著一萬騎兵直撲高句驪城下。

過不多時，趙雲和一萬騎兵來到高句驪的城下，望著城牆上守衛森嚴的城池，他的嘴角露出了淡淡的笑容。

高句驪南門的城樓上，蘇正從城裡趕了過來。

他站在城牆上，看著城下黑壓壓的一片騎兵，騎兵毫無隊形可言，散亂地分布在城外的官道和官道兩邊，一個白袍小將持著一桿長槍站在隊伍的最前面，身後站著幾員戰將，表情都十分的囂張。

城樓上，一個身穿長袍的主簿指著城下的白袍小將道：「大人，那個人就是趙雲，聽說是高飛帳下的第一大將，這次攻克遼陽和侯城的人就是他。不過，這次他膽敢前來攻擊這裡，而且還全都是騎兵，沒有攻城器械，我看他們根本無法攻克此城。屬下以為，大人只管堅守城池便是，只要敵人靠近這裡，就用亂箭射之，不出三天，這撥人必定會撤退的。」

蘇正打量了一下趙雲，見趙雲長相十分俊美，又看了看城下的騎兵顯得十分散亂，除了前排還像點樣子之外，其餘的都稱不上是騎兵所組成的隊形，倒像是一盤散沙一樣。

他聽完主簿的話，笑了笑道：「高飛這傢伙，不就是那個參加平定涼州叛亂的人嗎？這頭西北狼居然敢打起我玄菟郡的主意了，這次我要讓他們有來無回。」

話音一落，蘇正當即轉身下了城樓，綽槍上馬，朝城門邊早已經準備好的步騎兵吼道：「跟我出城迎敵，一定要將來犯之敵消滅掉。」

城樓上站著的主簿見蘇正下了城樓，只是搖搖頭，沒有說什麼，因為他知道，只要是太守大人所決定的事，任何人都無法勸解。

南門的城門在蘇正的一聲令下後便打開了，蘇正一馬當先地馳出了城門，身後的幾員戰將隨後而出，騎兵、步兵也都魚貫出來，足足有三千人，在城門下面擺開了陣勢。

「來者何人，報上名來！」蘇正將長槍向前一指，對趙雲大聲喊道。

趙雲更不答話，駕的一聲大喝便策馬而出，舉著長槍直逼向蘇正。

蘇正冷哼一聲，見趙雲單馬前來，便想在自己部下面前好好的炫耀一番，也想親自會會高飛帳下的第一大將，當即朗聲道：「狂徒休得猖狂，有我蘇正在此，必定取你首級。」

話音一落，蘇正便策馬而出，和趙雲雙槍並舉，相向而行。

「錚」的一聲響，兩個人便分開了，蘇正的臉上露出一絲笑容，在感受到趙雲的力道之後，心想道：「什麼第一大將，也不過如此嘛。」

趙雲的臉上故意表現出吃驚的表情，心中卻暗笑著，隨即又和蘇正進行了十個回合的對決。

第十一個回合過後，蘇正的長槍險些刺到了趙雲，兩馬分開後，蘇正暗道：「不愧是第一大將，確實有些本領。不過，饒是如此，也無法勝得了我。」

第十二個回合過後，蘇正一槍將趙雲手中的兵器挑到了地上，他不禁大喜，又見趙雲調轉馬頭便逃，趙雲所帶領的士兵都大聲喊著喪氣的話，結果不戰自退。

蘇正不知是計，殺得正是興起的時候，衝城樓上的主簿喊道：「給你留下三千兵馬守城，其餘人全部跟隨我追擊敵軍！」

「大人，**窮寇莫追**啊，再說剛才……」

站在城樓上的主簿看出了一絲端倪，正在大聲朝蘇正喊話，卻見蘇正帶著騎兵追了出去，雜亂的馬蹄聲蓋過了他的聲音，後面奔跑出去的步兵也捲起了一陣陣煙塵，「晚了，一切都晚了，**這必定是敵人的誘敵之計**。」

此時，一直潛藏在高句驪城北門密林裡的太史慈顯得尤為焦急，雙手摩拳擦掌，一邊在地上踱著步子，一邊自言自語道：「怎麼還不回來？趙雲那傢伙到底在搞什麼？誘敵也要那麼長時間？」

太史慈話音剛落，但見一匹快馬奔馳而來，馬上的騎士走進密林，來到太史慈身邊，抱拳便說道：「啟稟將軍，趙大人已經將敵人成功誘出……」

「全軍上馬，要一鼓作氣攻下高句驪城！」

太史慈未等那人說完，翻身便跳上馬背，將手中的弓箭準備好，向背後的士兵大聲喊道。緊接著，三千騎兵跟隨太史慈從密林中殺了出去。

另一方面，張郃所部一萬人於今天早上到達了埋伏地點，並且積極地布置了一番，只等著趙雲帶著蘇正等人到來。而在張郃所埋伏的地點後方，高飛、賈詡則帶著七千步兵等候在那裡，並且派遣人密切關注前方戰場的狀況。

不多時，從不同方向奔馳來兩匹快馬，兩名騎士先後下馬，一個帶來趙雲成功誘敵的消息，另外一個則將太史慈進攻高句驪城的消息帶了來。

高飛聽到這兩個消息，臉上露出喜悅，對賈詡道：「軍師，看來我們也該行動了。」

「傳令下去，全軍繞道前進！」高飛喊道。

傳令兵隨即將高飛下達的命令傳達下去，全軍七千將士從官道邊的密林裡向前緩緩穿行。

第九章

致命弱點

賈詡看出高飛心軟的弱點，便在一旁勸慰道：「請主公不必憂傷，這些戰死的士兵，屬下會做出妥善安排的，畢竟他們都是英勇的人。可是，有戰爭就有死亡，如果主公不能狠下心的話，只怕以後會成為主公致命的弱點。」

大約半個小時後，高飛所帶領的部隊從張郃埋伏的上馬嶺穿越過去，並且繞到上馬嶺入口的兩側密林裡加以隱藏。

上馬嶺是高句驪城南五十里的一處狹長的丘陵，官道從丘陵中間的窪地穿過，兩邊都是高地，高地上有著大片密林，是埋伏的絕佳地點。

「全軍注意隱蔽，沒有我的命令，誰也不準備擅自發動攻擊！」高飛對埋伏的士兵喊道。

但見所有的士兵都將事前編好的草帽戴在頭上，或者用灌木類的東西進行遮擋，以達到隱蔽自己的目的。

賈詡終於明白為什麼高飛在路上讓士兵沿途扯下樹枝、藤草之類的植物進行編織了。

一切都弄好以後，上馬嶺的官道兩側足足埋伏下一萬七千人的馬步軍，如果再加上趙雲誘敵的一萬騎兵，那麼這裡足足有兩萬七千人將要投入戰鬥，以如此重兵設下埋伏，不管是誰都無法逃脫。

為了以防萬一，高飛更是將本來在後面等候消息的士兵帶到了上馬嶺的入口處來，就是要切斷蘇正的歸路。

上馬嶺的最南端，張郃帶著部下的三千騎兵守候在那裡，他將七千步兵埋伏在官道的兩側，自己在這裡等著趙雲的部隊歸來，只要誘敵成功，官道兩側的高崗上便會立刻做出反應。

又等了好一會兒，雜亂的馬蹄聲便從官道上傳了過來，華雄、龐德率先帶著三千騎兵，一口氣奔馳到張郃所在的位置。

張郃見華雄、龐德歸來了，急忙問道：「怎麼樣？成功了沒有？」

華雄笑道：「那還用說？趙大人親自出馬，沒有什麼辦不到的事情，我們提前回來埋伏的。張將軍，我和龐德要兵分兩路，從這裡迂迴到高句驪城下，趙大人吩咐，讓我們挑選出來三千擅於射箭的士兵，協助太史將軍一起攻打高句驪城。張將軍，我們還有任務在身，就先行告辭了！」

話音一落，未等張郃回答，便見華雄、龐德各帶一千五百名騎兵分散在官道兩側，向東、西兩方的岔路奔馳而去。

「攻城的事，主公已經讓太史慈去處理了，為什麼趙雲還要橫加一槓？難道是因為他們都是飛羽軍的成員嗎？」張郃看著華雄、龐德二人離去的背影，心中疑惑地想道。

來不及細想，但見褚燕、周倉、于毒、卞喜帶著六千騎兵回來了，一回來便立刻分散在張郃的周圍，將道路兩邊的空地擠得滿滿的。

「還沒有到嗎？」張郃等得有點不耐煩了，問道。

周倉答道：「快了，趙大人為了誘敵，一路上且戰且退，這才使得敵人信服，張將軍再耐心等一下。」

過了一會兒，蘇正率軍追至上馬嶺的入口處，遙見趙雲帶著殘兵進了上馬嶺，他的目光環顧左右的地形，當即命令道：「停！」

蘇正的軍隊一時間都停了下來，他自己則仔細地觀察了一下周圍的情況，自言自語地道：「這裡地形十分的複雜，趙雲帶領的騎兵只顧著逃，和之前連克兩縣的軍隊大有不同，如果敵人在這裡設下埋伏的話，我要是貿然進去，只怕會全軍覆沒。難道這是敵人的誘敵之計嗎？」

還來不及細想，蘇正便見趙雲帶著幾百殘兵轉身回殺，急忙對周圍的弓箭手道：「放箭，別讓他們靠近！」

一通箭矢放過，趙雲無奈之下，只能將軍隊後撤，朝蘇正喊話道：

「蘇太守，你一直追了我這麼多里路，我的兄弟也都畏懼太守大人的軍隊，我為了掩護自己的部隊撤退，只能選擇斷後。但是這裡已經被我設下了埋伏，如果太守大人敢輕易冒進的話，我就只能將你們全部射殺。不過，我這個人一向仁慈，不如這樣吧，我們在此罷兵……」

蘇正看著四周的環境，對於地形十分瞭解的他，當即便起了疑心，所以不敢輕易冒進，可是當他聽到趙雲這番話後，舒緩了眉頭，大聲笑了起來。

離入口還有一千米的地方，高飛、賈詡兩個人密切的注視著蘇正的行動，見蘇正在那裡停了下來，兩人心裡都有一種失落感。

蘇正的笑聲剛剛散去，只見他將手中的長槍向前一舉，大聲地對趙雲道：「好一個虛張聲勢的策略，真不愧是高飛手下的第一大將。不過，這種把戲能騙得了別人，卻騙不過我，如果真的有伏兵的話，你絕對不會說出來。」

趙雲故作驚詫，道：「沒想到還是被你看穿了，但是我希望你考慮考慮我剛才的提議。」

蘇正哈哈笑道：「笑話，我從來不向任何人妥協。趙雲，這一路上和你交戰的十分不錯，不過要我就此罷兵，那是萬萬不能的，我要一鼓作氣，在追趕你們的同時，把侯城給搶回來。全軍聽令，衝過去，一口氣殲滅這些敵人。」

趙雲調轉馬頭便朝裡面跑了過去，身後跟著的蘇正一聲令下，只見他所帶的所有士兵全部追著趙雲跑了過去。

隱蔽在密林裡的高飛看到這一幕，當即在心中大叫道：「真是太好了，趙雲果然將蘇正成功的引入了埋伏地帶。從蘇正這次帶的士兵來看，並不多，而且因為追逐趙雲等人變得相對疲勞了起來，對這次伏擊來說，是相當不錯的。」

賈詡聽後，笑道：「主公，趙子龍這兩天利用騎兵連克兩縣，如此快速的攻擊，使人防不勝防，看來他指揮騎兵的作戰能力十分卓越。」

就在這時，蘇正的部隊已經完全進入了上馬嶺地帶。緊接著，高飛等人聽到一片慘叫聲。

「就是現在，全部衝出去，將入口給堵住，絕對不能放過一個人。」高飛下令道。

命令下達的一瞬間，先是高飛所在的左側士兵衝了出去，緊接著右側的士兵也衝了出去，七千人的步兵在官道上死死地堵住了入口處。

上馬嶺已經成了一個人間煉獄，官道兩側的高崗上突然現出許多弓箭手，弓箭手居高臨下，不停地朝官道上進行射擊，射倒了一大片敵人。緊接著，趙雲率部回殺，張郃緊隨其後，再後面便是周倉、褚燕等人。

蘇正的軍隊由於中了埋伏而陷入混亂之中，蘇正也被當先衝來的趙雲一槍刺死，群龍無首的士兵顯得更加驚恐了。就在這時，所有的伏兵從四面八方湧了出來，給蘇正的七千人馬步軍一個重創。

這邊戰鬥還在繼續，高句驪城下的戰鬥也已經打響多時。太史慈帶著三千弓騎兵殺奔到北門，由於都是漢軍，裝束上看著都一樣，以至於城中的士兵誤以為是援軍來了。

太史慈索性也以援軍為名，想騙開城門，卻不想城門還沒有打開，就被守城的人發現了。他大喝一聲，靠近城門的弓騎兵一起射出箭矢，將城樓上的士兵射死一大半，沒死的也都躲起來不敢露頭。

「好！都跟我來，去西門！」太史慈見壓制住了北門的守城士兵，也不戀戰，直接朝西門奔去。

緊接著，太史慈利用同樣的方式，帶著三千弓騎兵朝城樓上放箭，遊走於四個城門之間，弄得看守四個城門的士兵都不敢擅自離開。

繞城轉了兩圈之後，守城的士兵有了明顯的害怕跡象。太史慈瞅準時機，再一次帶著士兵來到了北門，向城樓上的士兵喊道：「不想死的趕快打開城門，否則，我家主公大軍到來，你們一個也別想活！」

城樓上的士兵顯得很恐懼，他們知道城下的那些弓騎兵箭法精準，都躲在城垛後面，不敢露頭，生怕被射死了。

一個守城門的軍司馬背靠著城牆，看著同樣帶著恐懼表情的士兵，不知道該如何是好。

就在他還在思慮的時候，突然看見從城樓的階梯上彎身跑上來了一個士兵，他認識那個士兵，是他的親兵，急忙問道：「出什麼事了？」

那親兵跑到那軍司馬的面前，小聲地道：「大人，南門……南門和東門突然出現了大批騎兵，是遼東郡的兵馬。」

那軍司馬想了想，道：「事到如今，只有開城投降了，再這樣下去，只怕會全軍覆沒，太守和遼東太守有點嫌隙，上次鮮卑人攻打望平的時候，遼東太守派人請求支援，遭到太守大人的拒絕。我想，這就是為什麼遼東郡的兵馬會來攻打我們的緣故。傳令下去，打開城門！」

「諾！」

太史慈還在城下叫囂，以極其威脅的口吻大聲地朝城樓上喊道：

「我數到十，再不打開城門，等到我大軍到來，定要將你們全部誅殺！一……二……三……」

就在太史慈大喊的時候，北門的城門突然打開了，從裡面走出一個軍司馬，帶著殘餘的數百人列隊在城門兩側，將手中的兵器全部放在地上。

太史慈看到這一幕，冷笑一聲道：「算你們識相！」

那軍司馬帶著數百殘兵全部跪倒在道路兩邊，高聲喊道：「將軍饒命，我等願意誓死效忠將軍。」

太史慈將手向前一招，他自己策馬馳入了城門，身後的三千弓騎兵緊隨其後。當他進入城池時，突然停了下來，拔出腰中的佩劍，便朝跪倒在道路兩邊的士兵一陣砍殺。

隨著一聲聲慘叫，太史慈所帶領的部下也紛紛效仿，將那些跪倒在道路兩邊的降兵殺得一個不留。城門血流成河，幾百顆人頭滾落一地，空氣中瀰漫著鮮血的味道。

「跟我來，去西門！」太史慈握著一把血淋淋的佩劍，朝身後的士兵大聲喊道。

一聲令下之後，太史慈帶著部下的三千騎兵開始在高句驪城中的街道中奔馳，城中居民都因為害怕而閉門不出。

太史慈進城後，利用快速的移動力，很快便衝到了西門。西門的士兵完全沒有注意到會有遼東郡的兵馬從背後殺來，等到太史慈帶著士兵下了馬，登上城樓的那一剎那，這些駐守西門的士兵還沒有反應過來，便被太史慈等人全部砍死，整個過程十分的乾脆俐落，手起刀落間，一顆顆人頭滾落下來。

接著，太史慈又用同樣方法奔馳到南門，將南門的守兵全部殺盡，並且打開城門，將城外的華雄給放了進來。兩人合兵一處，一起衝向東門，只用一小會兒的時間，便將東門守兵殺得一個不留。

太史慈此時滿身是血，在他打開東城門，放入龐德的一霎那，對華雄、龐德道：「你們既然來了，就負責駐守城池吧，我帶人去支援張郃，以免有漏網之魚。」

話音一落，便帶著本部三千兵馬馳出城門。

華雄看著太史慈的身影，不禁道：「這個太史慈也太亂來了吧？許多敵兵明明都喊投降了，他還是把他們都殺了，照這樣看來，其他城門的守兵估計也不例外，這件事一定要稟告主公才行。」

龐德點點頭道：「現在當務之急是迅速占領城池，太史慈嗜殺的事，等主公來了之後再說吧。」

「嗯，我分兵占領東、北二門，南、西兩門就交給你了。」華雄道。

兩人商議完畢，當即帶著士兵分開，將兵力分散在城中的四個城門。

與此同時，上馬嶺的戰鬥十分激烈，蘇正的兵馬完全陷入了苦戰，被四面而來的高飛軍圍攻，在蘇正被殺後，所有的士兵都失去了主心骨，可是這些士兵並沒有投降，而是選擇了堅持戰鬥。

廝殺還在繼續，在高飛的兵馬解決掉大約三千人之後，所有的士兵都停止了進攻，將剩下的四千人團團圍住。

這時，高飛帶著賈詡登上高崗，指著高崗下被包圍的士兵喊話道：「你們已經被包圍了，蘇正也死了，你們要是不想死的話，就趕緊投降，我可以免你們一死！」

士兵們面面相覷，卻沒有人喊「願意投降」之類的話，反而臉上都現出怒色。

「兄弟們一起殺啊，給太守大人報仇！」

隨著一個士兵的高聲大喊，其餘的士兵也都抖擻精神，軍隊的士氣突然增加了不少。士兵們紛紛朝四面八方衝了出去，發出困獸之鬥的咆哮。

高飛看到這一幕，重重地嘆了口氣，將眼睛閉上。

賈詡體會到高飛此時的心情，將手一舉，大聲喊道：「放箭！」

高崗兩邊的弓箭手早已嚴陣以待，聽到賈詡的一聲令下後，便萬箭齊發，將包圍的士兵全部射殺在包圍圈裡。士兵一個接一個倒了下去，有的身中數箭後，還用最後的一點力氣舉著手中的兵器企圖反擊。

趙雲、張郃等人看到這一幕，也不由得對這些士兵感到有些尊敬，看著那些士兵一個個哀嚎著死去，心裡都很不好受。

當高飛再次睜開眼睛時，尚有數百名身中箭傷的士兵還在垂死掙扎，可是他們仍然沒有投降的意思。

「唉，你們這又是何苦呢？」高飛再次嘆了一口氣，朝趙雲、張郃打了個手勢。

趙雲、張郃帶著士兵走到戰場中間，將那些還在哀嚎的士兵一個一個全部殺死，算是給那些士兵一個痛快。

賈詡看出高飛心軟的弱點，便在一旁勸慰道：「請主公不必憂傷，這些戰死的士兵，屬下會做出妥善安排的，畢竟他們都是英勇的人。可是，有戰爭就有死亡，如果主公不能狠下心的話，只怕以後會成為主公致命的弱點。」

高飛點點頭道：「軍師的話我明白了，我只是在擔心以後玄菟郡該如何治理的問題。」

賈詡道：「主公儘管放心，占領玄菟郡後，屬下願意留守玄菟郡半年，全心治理玄菟郡的政務，使主公對百姓的恩惠大過蘇正，這樣一來，玄菟郡便可以穩定下來。」

「嗯，也只有如此了。」高飛道：「傳令張郃打掃戰場，其餘人全部去高句驪！」

命令下達之後，張郃命令手下將所有屍體就地掩埋。高飛則帶著賈詡、趙雲、周倉、褚燕、于毒、卞喜等人前往高句驪城。

在去高句驪城的路上，高飛遇到了前來支援的太史慈，兩下相見，太史慈歡喜地下了馬。

「啟稟主公，末將幸不辱命，已經將高句驪城攻下了。」太史慈徑直走到高飛的身邊，拱手說道。

高飛讚許道：「不錯，這次你可是大功一件。不過，你帶著兵馬來，那誰守城？」

「啟稟主公，屬下為了以防萬一，特別令華雄、龐德去支援太史將軍了。」趙雲插話道。

高飛點點頭，道：「做得好，那一起進城吧，等張郃清掃完戰場後，我們就在城裡舉辦一個慶功宴。」

「諾！」

大軍進入高句驪城後，城中的百姓都不敢出門，高飛命令大軍不得騷擾城中百姓，並且留了一萬軍隊駐紮在城外，他自己帶著賈詡、趙雲、太史慈、龐德一起進了太守府。

就在進太守府的時候，突然從門裡衝出來一個中年婦女，那婦女揪著高飛的衣領便是一記耳光，臉上還掛著淚水。士兵急忙將那婦女拉到一邊。

婦女指著高飛大聲喊道：「你這個奸賊，還我的丈夫來，我今天要為我的丈夫報仇！」

緊接著，又衝出一個十幾歲的少年，那少年手持長劍，口中亦是大罵高飛，喊著要報仇，好在有趙雲等人將其制服，高飛才沒有受傷。

龐德急忙跪倒在高飛面前，自責道：「請主公恕罪，屬下辦事不利，讓主公……」

「你起來吧。」賈詡小聲道：「主公，斬草除根啊！」

高飛臉上火辣辣的疼，耳邊是那婦女和那少年罵的污言穢語，對龐德道：「你確實辦事不利，這件事就交給你了！」

「諾，屬下明白！」龐德抱拳道。

高飛徑直朝太守府的大廳裡走了進去，身後傳來兩聲慘叫……

進了太守府，高飛端坐在上首，對眾人道：「這次你們都辛苦了，趙雲、太史慈，你們兩個有大功，等張郃回來，我一併封賞，你們下去休息吧。」

「諾！」太史慈、趙雲應了一聲，轉身走出大廳。

龐德轉身朝大廳外走了兩步，突然又回過頭來。

「令明！你是不是有什麼事？」高飛看出龐德的異常，當即問道。

龐德抱拳道：「主公，有件事，屬下思慮了很久，不知道當講不當講？」

高飛道：「但說無妨。」

龐德道：「啟稟主公，太史將軍這次確實是有攻城的大功，可是他在攻城的時候，殺了不少投降的士兵，這件事……屬下……」

「哦？你去將太史慈喊回來，我要當面問問他。」高飛朗聲道。

過不多久，太史慈便進了大廳，抱拳道：「主公喚我何事？」

高飛開門見山地道：「子義，聽說你今天攻城的時候，殺了不少降兵，這事是真是假？」

太史慈也不否認，爽快地承認道：「確有其事。」

高飛不解地道：「既然那些士兵願意投降了，你為什麼還要殺那些降兵？」

「啟稟主公，那些士兵雖然投降了，可是並不是真心投降的，而是被屬下用武力逼降的，只是為了求個活路，心不甘情不願的，雖然口中說願意誓死效忠，可是知人知面不知心，**這種不是真心投降的士兵，留著也是禍害，不如殺了，省得以後麻煩。**」

高飛臉上怔了一下，覺得太史慈說得倒也有幾分道理，可是他對殺降兵這件事確實有點不太贊同，他斜眼看了一下賈詡，問道：「軍師以為此事當如何處理？」

「人是我殺的，與末將手下的那些士兵無關，他們只不過是遵循末將的命令罷了，主公要是責罰的話，就責罰我一個人好了，末將一人做事一人當。」太史慈道。

賈詡笑道：「太史將軍，主公並沒有責罰你的意思，太史將軍今日立了大功，理應封賞，將軍累了那麼長時間，而且在正午之前便攻克了高句驪城，確實有很大的實力，將軍就請下去休息吧，此事別放在心上了，主公也只是過問一下而已。不過，這種事只能有這一次，以後要是再有降兵的話，無論如何都不要再擅自殺害了。」

太史慈看了一眼高飛，見高飛也點頭，便道：「主公，軍師，那末將告辭了。」

「主公，太史慈確實是一員悍將，不過他殺降兵的事，還請主公加以約束才是，否則的話，總有一天會影響到主公的聲名和威望。」賈詡拱手朝高飛道。

高飛認同道：「嗯，軍師說得不錯，我會找個機會好好和太史慈長談一談的。軍師，如今已經占領了高句驪城，還請軍師將郡中的戶數、人口以及府庫中的錢糧、兵器等輜重統計一下。」

賈詡抱拳道：「諾，屬下這就去功曹、主簿那裡看看。」

入夜後，張郃帶著部隊回到高句驪，大軍駐紮在城外，和趙雲的飛羽軍遙相呼應，太史慈的軍隊則駐紮在城內，負責守城工作。

太守府裡，各將齊聚一堂，對今天的勝利都感到很是開心。

趙雲、華雄、龐德、周倉、褚燕坐在左列，賈詡、太史慈、張郃、卞喜、于毒坐在右列，這次隨軍的十員將領都一起朝坐在正中的高飛拱手道：「屬下參見主公！」

高飛擺擺手道：「不必多禮，今天是慶功宴，你們就隨意吧。」

「諾！」

大家一起舉杯，飲下一杯酒之後，便聽賈詡道：「啟稟主公，這次的戰況統計出來了，駐守在城中的一萬士兵全軍覆沒，而我軍只有一千人戰死，五百人受傷，算是一場重大的勝利。另外，郡中的人口也都統計出來了，郡中共有六城，有四萬三千口人，府庫中有錢三百萬，糧一萬石，兵器只有三千張弓和六萬支箭，除此之外，別無其他。」

高飛道：「玄菟郡是小郡，所轄地帶狹窄，人口也不是很多，但是這裡卻是防禦鮮卑人的一個重鎮，如今大漢的東北三郡全部掌握在我們的手中，已經正式連成了一片，對我們而言有著莫大的好處。這些都是諸位努力的結果，希望諸位以後不要驕傲。如今中原動盪，漢室將傾，亂世出英雄，只要諸君共同努力，我們必然能夠在這個亂世裡幹出轟轟烈烈的一番大事業。諸位，請滿飲此杯！」

「我等誓死追隨主公！」眾人齊聲答道。

高飛當即舉杯和眾人一起開懷暢飲，他的心裡卻在想：「雖然我的帳下現在只有賈詡、荀攸、田豐三個謀士，武將只有趙雲、張郃、太史慈、華雄、龐德五個大將，但是我堅信，不久的將來，我會有更多的優秀人才。如今大漢的東北三郡已經被我全部占領了，**下一步，該是遼西郡了，然後一點一點的蠶食幽州。**」

當夜大家狂歡痛飲，士兵們也都沉浸在喜悅當中。

第二天，高飛便命令趙雲、張郃、太史慈各帶三千騎兵，去攻占剩下的三個縣城，他自己則和賈詡逗留高句驪城，給玄菟郡制定了一個相對寬鬆的政策，減免玄菟郡一年賦稅，降低原來百姓應當上繳的賦稅，並且讓各縣百姓自己推選縣令。

他廢除了玄菟郡，按照地理位置進行劃分，將高句驪城更名為瀋陽，將西蓋馬城更名為撫順，將高顯城更名為鐵嶺，原有的遼陽城歸屬到望平縣，同時廢除了侯城，將起並屬到瀋陽，而玄菟郡原有的各縣，全部歸屬於遼東郡，歸遼東郡直接管轄。

高飛之所以這樣做，是因為當地百姓太過稀少，而且對他而言，原有的地名太過難記了，乾脆就用了現代的地名代替，簡單易記。

十天後，原有玄菟郡的百姓漸漸接受了高飛的這一系列政策變化，對他們而言，地名的改變和減免的賦稅無疑是一個新的開始。

三月十三，大軍全部聚集在瀋陽城，高飛的第一步擴張算是完成了。

太守府裡，高飛準備回遼東城，而他和賈詡商量之後定奪下來的各縣縣令人選，也在此時開始任命。

他對各位將領道：「這些日子以來，各位都辛苦了，各位的功勞都是有目共睹的，所以，我這次準備任命幾個將軍，幾個校尉。我今天回遼東，瀋陽暫時交給軍師治理，鐵嶺、撫順兩城和高句驪、夫餘挨著，必須要有士兵把守，軍師，你來宣讀一下委任狀吧！」

賈詡隨即拿出一個榜文，當即道：「主公按照這些天的功勞，準備任命五個將軍，十個校尉，你們都仔細聽好了。」

「諾！」眾人臉上都帶著一絲喜悅，齊聲答道。

賈詡當即打開榜文，宣讀道：

「主公以有功者十五人特任命如下，望平令趙雲為虎威將軍，偏將軍張郃為虎烈將軍，裨將軍太史慈為虎翼將軍，都尉華雄為虎衛將軍，都尉龐德為虎嘯將軍。都尉盧橫為討逆校尉，樂浪太守胡彧為鎮遠校尉，都尉周倉為破虜校尉，都尉褚燕為討虜校尉，都尉卞喜為平虜校尉，都尉廖化為征虜校尉，都尉管亥為平狄校尉，都尉于毒為平夷將軍，都尉夏侯蘭為威虜校尉，都尉公孫康為武衛校尉。凡所任命的五將軍年奉一千石，十校尉年奉八百石，其餘各級將校均有所有賞賜。」

眾人聽後，都齊聲拜道：「多謝主公！」

高飛笑道：「不必多禮，這些都是你們應該得到的。另外，軍師賈詡出任軍師將軍、荀攸出任秉中將軍，田豐出任昭文將軍，此三位同為軍師，參軍事，官階高於五將軍、十校尉，希望你們以後以禮待之！」

「諾！」眾人齊聲答道。

高飛接著道：「趙雲，你繼續擔任望平令，帶領飛羽軍三千駐守望平，褚燕，你帶三千兵駐守撫順，于毒帶三千兵駐守鐵嶺，太史慈率領本部留守瀋陽，聽從軍師將軍賈詡調遣，其餘諸將隨同我一起回遼東。」

「諾！」

經過幾天的奔波，高飛終於帶著大隊人馬看到前面不遠的遼東城。

陽光明媚，春風拂面而來，在早春的日子裡，高飛完成了他擴張的第一步，將大漢的東北三郡完美的連接在一起，作為他的大後方，為他以後的發展打下了一個堅實的基礎。

遼東城外的官道上，荀攸、田豐、盧橫、廖化、管亥、國淵、王烈等人列隊在城門邊，等候著凱旋歸來的高飛。

高飛優哉遊哉的騎著烏龍駒，一邊欣賞著早春的景色，一邊對自己的未來做出展望。正當他沉浸在這份喜悅中時，忽然聽見背後傳來一匹駿馬的急促馬蹄聲，他回過頭，是一名斥候。

這名斥候雖然穿著漢軍的衣服，卻跟他所帶領的軍隊有著一點區別。為了區別自己的部隊和其他漢軍，高飛在自己軍隊的軍裝上做了一些改動，每個人的胳膊上都戴著一個臂章，黑色的臂章上繡著一根金色的羽毛，代表是他的軍隊。

高飛的軍隊按部就班的走在官道上，保持著隊形前進。

那斥候裝扮的人一臉稚嫩，年紀不過十五六歲，當他策馬來到隊伍的最前面，看到領軍的高飛時，當即勒住馬匹，問道：「請問，你可是安北將軍、遼東太守、襄平侯嗎？」

高飛點點頭：「我就是高飛！」

斥候臉上一喜，立刻從馬背上跳了下來，撲通一聲便跪倒在地上，同時從背後的包袱裡拿出一個類似卷軸的文書，高呼道：

「謝天謝地，高將軍，在下田豫，是右北平太守公孫瓚大人帳下徐無令劉備的屬下，此次前來遼東，特地來求將軍發兵，解救我家主公。」

高飛聽到劉備的名字，眉頭皺了起來，問道：「劉備？他怎麼了？」

田豫手捧著那份文書，朗聲道：「這是我家主公寫給將軍的親筆信，令我務必要將這封書信送到將軍手中，請將軍閱覽。」

高飛朝一旁的士兵使了個眼色，士兵從田豫的手中接過那份文書，然後交給高飛。他打開匆匆看了一眼，眉頭皺得更緊了，將書信一合，問道：「事情已經到了這種地步了嗎？」

田豫面色凝重答道：「恐怕比我家主公在書信中所寫的還要嚴重，如今代郡、上谷、漁陽、右北平、遼西、廣陽六地在半個月前受到烏桓人的猛烈攻擊，六郡都在不同程度上受到了危害。遼西烏桓大人丘力居率眾攻擊右北平，被公孫大人擊敗之後，退走遼西，我家主公跟隨公孫瓚大人一起追擊丘力居，連續追擊了兩百多里，不幸在遼西管子城反被丘力居包圍。在下受我家主公委託，拼死殺出了重圍，來遼東祈求將軍發兵，還望將軍看在和我家主公相識一場的份上，速速發兵解救才是。」

高飛聽後，又看了一遍劉備的書信，劉備在信中只寫在管子城被烏桓人包圍，祈求援軍，卻並未說到底發生了什麼事情，所以他又問了田豫一遍。

當他聽到田豫的回答之後，整個人冷靜地思考了一下，當即對身邊的士兵道：「將田豫送往城中稍做休息！」

田豫急忙拜道：「將軍，在下不需要休息，只求將軍速速發兵，解救我家主公，丘力居帶著大批烏桓突騎，將我家主公連同公孫瓚大人包圍在管子城裡，遲一天，我家主公就多一天危險，還請將軍看在……」

「我知道了，就算調兵遣將的話，也得給我時間吧，你先下去休息一番，我必定會給你一個滿意的答覆。」高飛打斷了田豫的話，答道。

田豫便不再說什麼了，只是朝高飛拱拱手，道：「還請將軍早日定奪！」

高飛從烏龍駒上跳了下來，對身邊的士兵道：「將張郃、華雄、龐德、周倉、卞喜叫到這裡來，再去將城門邊的荀攸、田豐、盧橫、廖化、管亥、國淵、王烈也一起叫來。」

「諾！」

高飛一屁股坐在路邊的地上，看著田豫的背影，想道：「沒想到這個田豫對劉大耳朵如此忠心，看來劉大耳朵跟隨公孫瓚的這段期間裡，也收了一個不錯的人才！」

不多時，張郃、華雄、龐德、周倉、卞喜、荀攸、田豐、盧橫、廖化、管亥、國淵、王烈十二個人向高飛拜道：「屬下參見主公！」

高飛擺擺手道：「大家將就一下，暫時把這裡當作太守府的大廳吧，坐！」

高飛將劉備寫的信遞給荀攸，等十二個人都看完一遍之後，道：

「信中是劉備的委婉之詞，如今烏桓公然進攻大漢邊郡，代郡、上谷、漁陽、右北平、遼西、廣陽六地均受其害，從上次我和遼東屬國烏桓大人蘇僕延的談話中可知，**這次烏桓人的公然襲擊，帶著明顯的目的性，而且應該是計畫已久的**。遼東地處偏遠，和幽州西部六郡來往不太密，加上中間隔著遼西的烏桓人，所以消息來往很不方便。現在烏桓叛亂波及了大半個幽州，我想聽聽你們有什麼看法？」

荀攸說道：「幽州大亂，烏桓人公然叛漢，而且規模之大，這絕對不是一件簡單的事，屬下以為，主公理應儘快出兵，以平亂為由，趁機奪取幽州西部之地。」

田豐道：「烏桓叛漢，幽州陷入大亂，這次可以說是主公的一個絕佳的機會，我軍剛剛打完勝仗，主公完全可以將得勝之師去解救被包圍的公孫瓚，同時聯合遼東屬國的烏桓人，一起向丘力居發動進攻，不僅可以平定叛亂，還可以占領遼西，進而像荀功曹所說的那樣，向幽州西部拓展。」

華雄道：「主公，烏桓叛漢，受害的是西部六郡，而且並未波及到遼東來。屬下以為，主公可以坐山觀虎鬥，借此消弱西部六郡的兵力，同時也消弱丘力居的實力，然後主公再帶著兵馬出擊不遲。」

龐德道：「話雖如此，可是烏桓人太過強悍，而且丘力居自稱遼王，以武力壓倒其餘烏桓各部，除了蘇僕延以外，其餘各部均受其調遣，萬一丘力居攻克西部六郡的話，那丘力居可就會成為所向披靡的人了，到時候只憑藉我們遼東的軍隊，恐怕無法對抗丘力居的烏桓突騎。屬下以為，理應盡快出兵，依荀將軍、田將軍的話去應付這次大亂。」

高飛聽了幾人的話，想了想，然後將目光鎖定在盧橫的身上，問道：「盧橫，你有什麼看法？」

盧橫尋思道：「啟稟主公，屬下贊同荀將軍、田將軍的看法，理應趁現在大亂剛開始，迅速做出反應，如果晚了，恐怕受害的就不只是幽州西部諸郡那麼簡單了，很可能會殃及遼東剛剛穩定下來的局勢。」

「屬下也贊同立刻出兵！」廖化抱拳道。

其餘等人異口同聲地道：「請主公下令出兵！」

高飛沉吟道：「歷史上記載的丘力居叛亂，看來是要重新上演了。既然如此，那我就應該站在風口浪尖，帶著軍隊去應對這次可能波及到遼東的叛亂。好，那我們就**趁著這次大亂再多做一些有意義的事，出兵！**」

暗藏殺機

高飛問道：「外面怎麼樣？」

荀攸道：「啟稟主公，果然不出主公所料，昌黎城確實暗藏殺機，埋伏在府外的士兵被張郃全部控制住了，華雄、龐德去殺蘇僕延了，相信用不了多久，蘇僕延的人頭便會被帶回來的。」

大軍暫時回到遼東城，準備好好休息一天之後再出發。

太守府裡，高飛將荀攸、田豐叫來，道：「這次出兵可能會變成一場長久的戰爭，據我估計，烏桓叛漢的兵力不會少於十五萬，而且烏桓突騎天下聞名，在兵力部署和出兵的總數上一定要有穩妥的安排，另外還要提防鮮卑人趁機寇邊。」

荀攸道：「主公所憂慮的，也是屬下所擔心的，不出兵的話，幽州一旦被烏桓人攻陷了，遼東這邊將會陷入孤立無援的狀態，可是出兵的話，還要提防鮮卑人趁機寇邊，在兵力的調度上，屬下以為，這次出兵，應當以騎兵為主，將步兵屯駐在遼東，防止鮮卑人進攻。」

「嗯，我基本上已經想好了應對的策略。賈詡坐鎮瀋陽，統禦周邊各縣，配以重兵把守，田先生就留守遼東城，穩定人心，荀先生隨我一起出兵。」

「諾！」荀攸、田豐一起答道。

高飛接著道：「我軍有一萬六千騎兵，這一次我準備動用一萬騎兵，于毒、褚燕各帶了三千步兵去駐守鐵嶺和撫順了，那裡的兵力不能動。這樣一來，我決定讓四千騎兵和六千步兵留守瀋陽，兩千騎兵和四千步兵留守望平，這兩地互為犄角之勢，餘下的八千步兵留守遼東。這樣安排，或許能夠防患於未然。」

田豐點點頭道：「主公，那在將領的調度上也應該做到穩妥，烏桓人的戰力十分雄厚，必須要有精兵強將一同前往。至於鮮卑人那裡不足為慮，只要封鎖遼河渡口，設下伏兵，足可以讓鮮卑人的行動遲疑，加上望平、瀋陽又有重兵把守，鮮卑人上次吃了虧，或許不敢輕易進犯。」

「嗯，這次雖說是去平叛，可是也不能不要我的根基，所以，我決定這次隨軍出征的人只有荀攸、趙雲、張郃、太史慈、華雄、龐德六人。」

田豐道：「主公，望平也是重鎮，不得不防，必須派遣一員得力大將前去鎮守，只有如此，方能確保遼東的安全。」

「我早已經擬定好了，田先生，我說你寫。令討逆校尉盧橫為主將，破虜校尉周倉、平狄校尉管亥為副將，鎮守望平。平虜校尉卞喜、威虜校尉夏侯蘭、武衛校尉公孫康前往瀋陽，歸屬軍師將軍賈詡調遣，征虜校尉廖化、都尉孫輕留守遼東。」

田豐當即振筆疾書，洋洋灑灑的寫了下來。

高飛突然又想到了什麼，道：「另外給樂浪太守、鎮遠校尉胡彧寫一封信，讓他在樂浪郡募兵，樂浪郡只有兩千兵力，單薄了一點，凡是年滿十六歲的，均可參加，雖然有點窮兵黷武，但是這個時候也顧不得那麼多了，必須要將這裡穩

定下來才行。」

田豐答道：「諾，屬下記下了。」

高飛對荀攸道：「將此命令速速下達下去，趙雲在望平、太史慈在瀋陽，著令趙雲帶領六千飛羽軍火速前往昌黎，讓太史慈帶三千本部弓騎兵也一起前往昌黎，我會從遼東帶走一千飛羽軍和他們在昌黎會合，其餘各部人馬火速應變。」

荀攸「諾」了一聲，便急忙帶著田豐寫好的文書走出了大廳。

高飛隨即對田豐道：「先生，遼東就交給你了。國淵、王烈可以給先生當副手。」

「請主公放心吧，遼東這裡屬下會妥善治理的，主公只需要關心前方戰事即可，至於糧草方面的問題，屬下一定會妥善安排。」田豐拱手道。

高飛點點頭，對田豐道：「有先生在，我就放心多了，我現在要去看看劉備的那個使者，先生現在就開始籌畫糧草吧，兵馬未動糧草先行，我軍絕對不能被糧草所羈絆住。」

「諾，屬下明白。」

走出了太守府，高飛單馬馳往驛館，去見田豫。

田豫是一個相當有能力的人，史載他年輕的時候就跟隨劉備了，後來因為家人的緣故離開劉備，從此以後便一直留在北方，最後歸屬於曹魏。

他在安撫北方邊疆做出了巨大的貢獻。此時的田豫還很年輕，但是高飛很看好這個人，加上他又是劉大耳朵的部下，就想挖牆角，把田豫給挖過來。

到了驛館，高飛親自到田豫所住的房門前，敲響田豫的房門。

田豫正在房中休息，突然聽到有人敲門，打開房門，看到是高飛，驚訝不已，急忙拜道：「參見將軍！」

高飛擺手道：「不必多禮，我是無事不登三寶殿，我來找你，是想給你一個答覆，省得你一個人在這裡焦急。」

田豫喜道：「那在下代我家主公多謝將軍了。」

跨進門，高飛坐在椅子上，對田豫道：「我和你家主公也算是生死之交了，這次你家主公有難，作為曾經一起出生入死的兄弟，我又怎麼會見死不救呢？所以，我決定出兵前往管子城，沿途由你帶路。」

田豫大喜道：「將軍大義，我家主公必定會感激不盡的！」

高飛突然問道：「對了，雲長兄和翼德兄還好吧？」

田豫憂心道：「關將軍和張將軍這次一起跟隨公孫大人追擊烏桓人，哪知中了烏桓人的誘敵之計，反將兩萬兵馬包圍在管子城裡，管子城外有烏桓六萬騎兵，烏桓人日夜不停的攻打，現在也不知道我家主公和關將軍、張將軍到底怎麼樣了……」

高飛安慰道：「關張二人皆為萬人莫敵的悍將，玄德頗通兵法，又有公孫瓚在一起，而且烏桓人並不擅長攻城，相信不會有什麼事。從這裡到管子城，如果按照正常騎兵的行軍速度來說，三天便可到達。不過，我的兵力太過分散，需要時間調度，加上我也要去昌黎和蘇僕延會合，所以這次我們先到昌黎，然後等兵力集合後，再從昌黎到管子城，中間耽擱不過一天時間，相信管子城不會這麼容易失守的。」

田豫雖然焦急，但是也懂這其中的道理，但是他萬萬沒有高飛居然能夠和遼東屬國的烏桓大人蘇僕延有密切交往。

他在來遼東的途中經過遼東屬國，可他並未停留，直奔遼東而來，對於那些烏桓人他總是躲著走，生怕會遇到麻煩。他朝高飛笑了笑道：「將軍調度有方，在下能夠明白其中的難處。」

高飛呵呵笑道：「你小小年紀就能懂得事理，確實不錯，假以時日，必定能夠成為一個棟梁之材。我遼東郡百姓安居樂業，又設立了聚賢館，有管寧、邴原這樣海內知名的高士親自授業，不知道你可願意在遼東待上一段時間？」

田豫拱手道：「將軍的好意，在下心領了，在下身負我家主公的命令，無論事情成功與否，必須要回去稟告給我家主公。在下雖然是個好學之人，可是現在幽州陷入大亂，男兒當趁此時建功立業，在下又怎麼能夠靜下心來去學習呢？」

高飛滿意地道：「你確實是個不錯的可造之才，等叛亂平定之後，你要是想來遼東學習的話，我遼東的大門永遠為你敞開。」

田豫拜道：「多謝將軍厚愛，在下感激不盡。」

高飛站起身來，道：「好了，你好好休息吧，我不打擾你了，明天一早我會派人來叫你，你就跟我一起去昌黎，和我的兵馬進行會合。」

「諾！恭送將軍！」

走出驛館後，高飛心道：「田豫年紀尚輕，涉世未深，跟隨劉備或許也只是為了建立功名，這樣的人並不似關羽、張飛那樣死心塌地，看來可以將他挖過來。」

翻身上馬時，高飛的腦中閃現出一個很邪惡的想法，暗道：「**劉備，既然我無法得到你，那也只能親手摧毀你了，省得以後你成為我的絆腳石。**」

回到太守府，高飛開始收拾行裝，準備明天出兵。

房間裡散發著淡淡的清香，貂蟬幫高飛收拾出門的衣物，一邊道：「郎君剛剛回來又要出去，我能為郎君做的，就只有默默的祈禱了，希望郎君能夠平安歸來。」

高飛從後面摟住貂蟬的腰，安撫道：「你放心，我不會有事的，你別忘了，我可是紫微帝星轉世，以後可是要當皇帝的人，你是我的皇后，我們還有很長一段路要走呢。」

貂蟬輕輕地靠在高飛的懷抱中，雙手握著高飛的手，淡淡地道：「郎君，我們要個孩子吧？」

高飛臉上一怔，將貂蟬的身體扭轉過來，用奇怪的眼神望著貂蟬，道：「你剛才說什麼？」

貂蟬扭捏地道：「我們……要個孩子吧？」

「不行！」高飛堅決地道：「現在這種時候，怎麼能要孩子呢？我們還年輕，再等幾年再說吧。」

貂蟬驚道：「為什麼？可是人家都有孩子……」

高飛冷冷地道：「我不是人家，我是我，我說不行就不行。我才剛剛在遼東立足，現在又發生了這種大事，我根本無法考慮這個問題。」

貂蟬不再說話，臉上顯出失望的表情，轉過身默默地給高飛整理著行李，臉上流下了兩行熱淚。

自從和貂蟬同房之後，高飛便採用了必要的措施，以確保貂蟬不會懷孕。因為，他還不想那麼早要孩子，他還年輕，應該將精力投入到霸業上去，而不是一心只撲在女人的懷抱中。

看著暗自哀傷的貂蟬，高飛嘆了口氣，將貂蟬攬在懷裡，道：「等我將整個幽州全部控制在自己的手裡時，我會考慮要個孩子的。」

貂蟬將頭靠在高飛肩上，低聲道：「郎君……」

第二天，高飛帶著荀攸、張郃、華雄、龐德和一千精騎朝昌黎而去，同時把田豫也一起帶上，算是作為嚮導。

與此同時的昌黎城，蘇僕延正在府中接見自稱遼王的丘力居派遣來的使者。

蘇僕延道：「遼王派你來幹什麼？」

使者答道：「啟稟大王，遼王殿下本著同根同源的想法，希望大王能夠加入這次行動，如今遼王殿下已經將護烏桓校尉公孫瓚的兵馬包圍在遼西管子城，幽州境內各個郡縣基本上都被遼王殿下橫掃了一遍，只要大王能夠出兵相助遼王，凡是所奪取的好處，都會分給大王一半。」

蘇僕延聽了，眼睛裡露出幾分貪婪，但見站在大廳裡的烏力登朝他使了個眼色，便對那使者道：「我已經不是峭王了，以後你還是叫我大人吧。你的來意我知道了，你先下去吧，我會儘快給你答覆的。」

那使者拜道：「那在下就等大王的好消息了。」

使者走後，蘇僕延便道：「烏力登，你剛才是不是有什麼話不方便說？」

烏力登點點頭道：「大人，丘力居自稱遼王，用武力擊敗了難樓、烏延，並且讓難樓、烏延從屬於他，他之所以沒有對大人下手，是因為大人已經和遼東的天將軍結拜了，天將軍神勇無敵，擊敗鮮卑步度根部的事，已經傳遍了整個草原。丘力居之徒公然反叛大漢，現在雖然看著很猖獗，但是大漢不會坐視不理，必定會派遣大軍前來平叛，而且草原上的鮮卑人和我們是死敵，必定會蠢蠢欲動，丘力居之所以這樣客氣的對待大人，**無非是想利用大人手中的那些突騎兵罷了，一旦大人沒有了利用價值，必會遭到殺身之禍**。我以為，大人無論如何都不能答應丘力居。」

蘇僕延聽了，道：「你說得不錯，可是……丘力居派來的使者該如何答覆？」

「我聽說天將軍已經占領了樂浪郡和玄菟郡，統治的區域很廣大，不僅如此，我還聽說天將軍是紫微帝星轉世，我相信幽州出了這麼大的事，天將軍一定不會坐視不理。天將軍和一般的漢人不同，他可是和大人結義過的兄弟，這份情誼足可以證明他沒有蔑視我們烏桓人的意思。所以，**請大人拒絕丘力居的使者，並且派人通知天將軍尋求解決辦法**。」烏力登道。

蘇僕延道：「嗯，我和高飛是結義的兄弟，如果我同意了丘力居，加入他的軍事行動的話，那高飛定然會和我在戰場上相見，那樣一來，就等於我背叛了兄弟之盟，會受到神明的懲罰。烏力登，你現在就去告訴丘力居派來的使者，我蘇僕延絕對不會背棄兄弟，讓他以後不要來打擾我了。」

烏力登笑道：「大人英明，屬下這就去做。」

兩天後。

蘇僕延在演武廳練習武藝，突然見烏力登跑了過來，便問道：「什麼事？」

烏力登興奮地喊道：「大人，天……天將軍來了，天將軍果然帶著兵馬來了。」

蘇僕延「哦」了一聲，將手中的兵刃隨手丟到地上，急忙問道：「他們現在到哪裡了？」

「已經到城外，離城門不遠了。」

蘇僕延道：「烏力登，速速隨我一同前往迎接天將軍。」

「諾！」

高飛帶著一行人走在昌黎城外的官道上，當靠近昌黎時，看見昌黎的城門洞然打開，蘇僕延帶著烏力登親自出行，兩邊站滿了前來歡迎的人，大家都異口同聲地喊道：「天將軍萬歲！天將軍萬歲！」

荀攸、張郃、華雄、龐德、田豫等人看到這種陣容，都面面相覷，很好奇為什麼高飛在這些烏桓人中會有那麼高的威望。

高飛騎著烏龍駒奔馳到城門，見到蘇僕延時，從馬背上跳了下來，走到蘇僕延身邊，和蘇僕延同時張開雙臂，互相將對方給抱住。

兩個人都沉浸在喜悅中，分開後，蘇僕延道：「兄長，你總算來了，烏力登說得沒錯，這種大事，兄長是不會坐視不理的。」

荀攸、張郃緊跟在高飛的身邊，聽到年齡大出高飛十好幾歲的蘇僕延竟喊高飛為大哥，心裡都納悶不已。

高飛一把摟住蘇僕延，笑道：「沒想到烏力登會算到我會來，老弟，我這次來可是要好好的和你敘敘舊。」

蘇僕延哈哈笑道：「放心，兄長能夠擊敗烏力登，這份神勇在整個遼東屬國絕無僅有，我的部族都將兄長譽為天將軍，只要你這個天將軍在這裡一天，我就會熱情的款待你一天，我們烏桓人可是最好客的了。」

高飛點點頭道：「啥也別說了，今天我們兄弟要不醉不歸。」

「我們這裡別的沒有，馬奶酒多的是，只要兄長想喝，我絕對管飽。兄長，這裡不是說話的地方，我們進城吧。」蘇僕延道。

兩人一陣寒暄過後，並肩進入城池，烏力登則帶著荀攸、張郃等人一起魚貫而入。

當夜，蘇僕延用當地最豐厚的禮儀歡迎了到來的客人，大家圍坐在篝火邊，喝著馬奶酒，吃著羊肉，一些人還載歌載舞，度過了一個美麗的夜晚。

深夜，高飛喝得酩酊大醉，被人抬回房間。剛躺下不久，便聽到有人敲門。

「誰啊？」高飛打了一個飽嗝，滿嘴都是酒氣。

「天將軍，是我，烏力登。」

「烏力登？你找我有什麼事嗎？」高飛從床上緩緩坐起，有氣無力地道。

烏力登道：「天將軍，我知道現在不該打擾你，但是我有要事相告，還請天將軍務必要見我一面。」

高飛強忍著頭痛，下了床，打開房門，見烏力登站在門外，便道：「有什麼事，進來說吧！」

烏力登見高飛醉醺醺的模樣，便問道：「天將軍，你還好吧？」

高飛笑道：「放心，我的酒量還可以，這點酒算不上什麼，倒是你家大人先醉倒了。」

烏力登關上了房門，將高飛攙扶到床邊，道：「天將軍，這裡是原來的峭王府，沒有外人，但是天將軍不應該再繼續住在這裡了，還是趁現在回兵營吧，和天將軍的手下待在一起比較安全。」

「嗯？此話怎講？」高飛好奇地問道。

烏力登道：「前幾天，遼王丘力居派遣使者來到昌黎，面見了蘇僕延大人，想請蘇僕延大人和丘力居一起反叛大漢，當時我也在場，力勸阻止了蘇僕延大人，也趕走了那個使者，誰知那個使者又偷偷的跑了回來，獨自去見蘇僕延大人，至於說了些什麼，我就不得而知了。但是從兩這天蘇僕延大人布置兵力的情況來看，應該是針對天將軍的。直到今晚，我才瞭解到蘇僕延的真正目的，丘力居的使者以整個幽州作為許諾，誘使蘇僕延大人殺害天將軍。蘇僕延大人本來就見利忘義，雖然曾經和天將軍結拜，也是不得已而為之，並非出自真心。」

聽到這個震驚人心的消息，高飛的醉意立刻清醒了過來，急忙問道：「你剛才說的都是真的嗎？」

「天將軍，我說的都是千真萬確，現在就請天將軍隨我一同出城吧，如果再晚了的話，恐怕蘇僕延就會有所行動了。」烏力登急道。

高飛冷笑一聲道：「烏力登，我有個問題想問你，**你身為蘇僕延手下的得力助手，為什麼會反過來幫助我呢？**」

烏力登道：「天將軍，你是打敗我的人，在遼東屬國內我是第一勇士，就算在整個烏桓人裡面，也沒有幾個人可以和我相抗衡。蘇僕延不顧部族的長遠發展，卻只看中眼前的利益，如果再這樣下去的話，恐怕我們這一部族就會面臨滅頂之災。我聽說天將軍是紫微帝星轉世，所以我很敬仰天將軍，蘇僕延那樣的人，不配讓我為其效力，只有天將軍這樣的英雄才能配得上我烏力登的忠誠。」

高飛拍了拍烏力登的肩膀，笑道：「好一個烏力登，既然如此，那從今以後你就跟在我的身邊吧。不過，蘇僕延要殺我，恐怕還嫩了點。**今夜會有一場好戲**，你就陪我在這裡好好的等著吧，用不了多久，蘇僕延的人頭就會送過來的。」

烏力登臉上一怔，吃驚地問道：「難道……難道天將軍已經知道了？」

高飛點點頭，笑道：「如果是平時的話，或許我不會太在意，但就因為是現在這個時候，昌黎城裡的兵力配備才引起了我的懷疑。」

「天將軍，我有點聽不太懂……」

高飛道：「如今丘力居叛漢，除了遼東屬國之外，所有的烏桓人都加入了叛軍。蘇僕延對丘力居本來就很忌憚，他之所以要和我結拜，就是為了借助我的力量和丘力居抗衡。可是今天進城的時候，城樓上的兵力少得可憐，而且軍營裡也很少見到突騎兵，就連今天參加歡宴的人也見不到幾個突騎兵，上次我來的時候可不是這個樣子，幽州正陷入大亂之中，以蘇僕延對丘力居的忌憚，應該會加強防守才對，如此鬆懈的防守，怎麼能不引起人的懷疑呢？」

烏力登聽完高飛的分析，見此時的高飛十分清醒，驚奇地道：「天將軍，你……你沒有醉？」

高飛道：「當然沒有醉，要是醉了的話，我的人頭估計就不保了。不過，你很讓我感到意外，我萬萬沒有想到你居然會為我著想，本來我還以為你是來殺我的呢。」

烏力登一臉羞愧地道：「實不相瞞，蘇僕延確實是命令我來殺天將軍的，可是……我下不了手，如果天將軍死了，那麼天將軍的部下就會攻擊這裡，我部族的人好不容易才過上了穩定的生活，我說什麼也不會讓我的部族陷入這樣的危機當中。為此，我只能放了天將軍。」

高飛道：「你確實看的比蘇僕延要遠得多，既然蘇僕延對我不仁，那也別怪我對他不義，這個時候，蘇僕延的人頭應該落地了吧。烏力登，既然你如此看中自己的部族，那蘇僕延死後，你就當遼東屬國的大人吧，以你在突騎兵中的威望，只要你一心一意的跟隨著我，我可以保證力挽狂瀾，讓丘力居嘗到應有的代價。」

烏力登半跪在地上，朗聲道：「天將軍，我烏力登願意為天將軍效力，只要天將軍能夠好好地保護我的部族，我願意帶領所有的烏桓突騎跟隨天將軍左右，和天將軍一起攻擊丘力居。」

高飛還沒有回答，便見房門被推開了，荀攸走了進來，高飛問道：「外面怎麼樣？」

荀攸道：「啟稟主公，果然不出主公所料，昌黎城確實暗藏殺機，埋伏在府外的士兵已經被張郃全部控制住了，華雄、龐德去殺蘇僕延了，相信用不了多久，蘇僕延的人頭便會被帶回來的。」

高飛對烏力登道：「蘇僕延咎由自取，這也怨不得別人，從今以後你就跟著我吧，我任命你為鷹揚將軍，並且保護你的部族不受到侵害，讓他們安穩地過上快樂的日子。」

烏力登拜謝道：「多謝天將軍成全，蘇僕延的軍隊都在城外，其中有幾個是蘇僕延的心腹，如果不解決這幾個人的話，恐怕他們會帶著部下去投靠丘力居。屬下想出城一趟，替天將軍解決這幾個人，控制城外的所有軍隊，只有如此，天將軍才算是真正的安全。」

就在這時，華雄提著一顆人頭走了進來，將人頭朝地上一扔，一臉得意的對高飛道：「啟稟主公，屬下已經取下了蘇僕延的人頭，特來覆命。」

「好，很好。」高飛道，「龐德那邊進行的怎麼樣？」

「龐德按照主公的吩咐，已經帶人去占領武庫了，這個時候差不多已經占領了吧。」華雄答道。

烏力登吃驚地望著高飛，心裡對高飛生出了莫名的崇敬感，似乎昌黎城中的一切都在他的掌握之中一樣。

高飛道：「烏力登，蘇僕延是個笨蛋，為了引我入城，居然將軍隊全部調出城外，只在城裡留下少數人看守。城裡的一切我基本上都控制的差不多了，你也該去城外了，畢竟城外還有兩萬騎兵。」

烏力登「諾」了一聲，轉身便朝門外走了出去。

華雄看著烏力登的背影消失在了夜色當中，問道：「主公，這個烏桓人真的沒有問題嗎？」

高飛道：「放心好了，烏力登自從被我打敗之後，對我就一直很尊敬，我相信他是真心的，更何況他一心想讓他的部族免受災難，這點很重要，可是蘇僕延卻一心想把他的部族拖進深淵，他只能尋求另外的強者，而我就是他心中的強者。」

華雄道：「可是，他是烏桓人，我們殺了蘇僕延，其他人難道不會來報仇吧，還有蘇僕延的家人該怎麼辦？主公，屬下以為，為了以防萬一，還是將蘇僕延的家人全部殺掉吧。」

荀攸笑道：「華雄，看來你並不太瞭解烏桓人。烏桓人和我們漢人不一樣，父兄之仇是不會去報的，他們反而會尊敬殺死父兄的人，**在他們的意識中，殺死**

他們父兄的人，就是強者。」

高飛道：「公達說得不錯，華雄，你現在是我帳下的五虎將，以後做事要多用用腦子，在這點上，龐德就要高於你一籌。」

「那個小鬼！毛還沒有長全呢，怎麼可能會勝過我呢？我只是擔心主公的安全而已！」華雄反駁道。

高飛笑道：「龐德確實還很年輕，但是不可否認的是，他是憑藉功勞和你並列五虎將的，**五虎將中，趙雲、張郃、太史慈、龐德我都不太擔心，反而最憂心的是你！**昌黎事情解決之後，我們的軍隊就會和烏桓人的突騎兵聯合在一起，你必須在明天一天之內多瞭解一下烏桓人的習慣，對付丘力居的時候，會有很大的幫助，知道了嗎？」

華雄點了點頭，道：「知道了，主公，蘇僕延的人頭屬下送到了，我這就去支援龐德。」

「去吧，小心點。」

「諾！」

華雄話音一落，轉身便走，留下了幾個人在門口護衛，房間裡只有高飛和荀攸了。

荀攸一雙睿智的眼睛裡散發出光芒，拱手道：「主公，今夜一過，這遼東屬國的烏桓人就等於歸入主公的管轄了，只要好好的加以利用，**烏桓突騎這支勁旅或許會成為主公日後橫掃天下的一個重要基石。**」

高飛笑道：「軍師，這次若不是你觀察細微，發現了端倪，恐怕丟到地上的就是我的人頭了。」

荀攸道：「主公過獎了，這些都是主公調度有方，屬下只是給了一個建議而已。」

高飛道：「明天趙雲、太史慈的軍隊也差不多該到了，休息一天之後，第二天就可以直奔管子城了。軍師一路隨軍，對於騎術不太好的你來說，是一種罪，讓軍師吃苦，真是有點過意不去。」

「主公，這些小事不算什麼，只要能夠幫助主公完成霸業，就算是屬下的這條命，只要主公願意，隨時都可以拿走。」

高飛聽到荀攸的話很是欣慰，他一直在想，賈詡之前親赴潁川接回荀攸的家人，確實有很大的作用。因為荀攸在和家人團聚之後，整個人就判若兩人，比之前更加充滿了幹勁。

房間裡的燈火忽明忽暗，高飛和荀攸攀談著一些行軍的事情，沒過多久，但

見張郃、華雄、龐德三人一同來到了房間。

「屬下參見主公！」

「免禮，事情都已經做完了吧？」

張郃答道：「諾！城中的事情都已經按照主公的吩咐完成了，只是城外還有兩萬大軍……」

高飛道：「這個你們儘管放心，我已經派人去處理了，天明的時候，就會有好消息傳來的，但是，也不能掉以輕心，你們都各自帶兵登上城樓，負責守城事宜，發現什麼異狀，立刻派人來通知我！」

「諾！」

空氣中到處瀰漫著血腥味，殘破的城牆下，人畜的屍體堆積如山，到處都是斷裂的兵刃和箭矢，密密麻麻的鋪滿了整個大地。

城外，漫山遍野的烏桓突騎隨處可見，數萬人連成了一線，將小小的管子城重重包圍了起來。

城內，痛苦的呻吟聲不絕於耳，到處都是受了箭傷的漢軍士兵，每個人的眼睛裡都透著一股冷漠，臉上的表情也十分麻木。

城牆上，公孫瓚身披重鎧，頭戴熟銅盔，目視著城外黑壓壓的一片人，蠕動了幾下嘴唇，緩緩地道：「玄德，田豫離開幾天了？」

劉備站在公孫瓚的身後，同樣披著鎧甲，一雙熾熱的眸子環視了一下城下的屍體，隨風飄來一陣夾雜著屍臭的血腥味，讓他感覺到有些作嘔，強壓住想要嘔吐的感覺，拱手道：「已經十天了。」

「十天？按理說，他早就該到遼東了，**高飛真的會出兵相助嗎？**」公孫瓚抱著一絲懷疑的態度，不太確定的問道。

劉備淡淡地道：「高飛是個聰明人，他應該知道這其中的關係，如果他坐視幽州被烏桓人占領的話，那麼他的遼東勢必會成為烏桓人下一個攻擊的目標。伯珪兄，現在遼東是我們唯一的指望，我們也只能寄望在高飛身上了。」

公孫瓚轉過了身子，眺望了一下城裡的士兵，他的部下沒有一個不帶傷的，他重重地嘆了一口氣，拍了一下劉備的肩膀，緩緩地道：

「玄德，當初我要是聽你的話，不急於追擊的話，也不會中了丘力居的誘敵之計，落得還要外人解救的地步。」

「事已至此，也只能堅守城池了，只要我們不出城，烏桓人也拿我們沒辦法，我們兵馬雖少，可城內的糧草尚可以支撐百餘天，只要我們耗下去，丘力居也拿我們沒有辦法。只是，若想擊敗丘力居，現在只能依靠高飛速派援軍來了。」劉備分析道。

公孫瓚問道：「南門和北門怎麼樣？」

「南門和北門由雲長和翼德把守，我已經交代他們了，只需堅守，不許迎戰，請伯珪兄放心就是了。西門我交給公孫越和嚴剛共同把守，城內尚有一萬三千多士兵，如此固守下去，雖然不是辦法，但也是迫不得已的事情，現在我只能把希望寄託在遼東來的援軍身上了。」

劉備道：「伯珪兄，還有一件事需要立刻處理，否則的話，恐怕會受到很大的牽連。」

公孫瓚問道：「什麼事？」

劉備指著城下的屍體，朗聲說道：「這幾天來，烏桓人日夜不停的攻打，城外遺留的屍體根本容不得我們去處理，如今烏桓人的攻擊比前兩天要稍微弱了一些，應該趁這個時候將城外的屍體清理一下，不然，一旦引發瘟疫，那可就糟了。」

公孫瓚也同樣聞到了令人作嘔的屍臭味，城外的地上到處都是屍體，蒼蠅嗡嗡的在屍體上方亂飛，飽食的烏鴉不停地在上空拍打著翅膀，夜裡偶爾還會竄出幾頭野狼，城外的屍體儼然已經成為動物們的美味。

劉備見公孫瓚沒有出聲，便急忙拱手道：「伯珪兄，再這樣下去的話，後果可是不堪設想啊，必須迅速處理掉這些屍體。」

公孫瓚道：「我當然知道，可是你看看城外堆積如山的屍體，不遠處便是烏桓人的大營，我們哪裡還有多餘的人去清理這些屍體？」

劉備朗聲道：「用火燒，入夜以後，派人出城將猛火油灑到那些屍體上，然後用火焚燒，這樣是最安全的辦法，如果再這樣拖下去，一旦引發瘟疫，不等那些烏桓人攻進來，我們就全都身亡了。」

公孫瓚道：「好吧，那就交給你來處理，入夜以後，你帶人悄悄出城，將這些屍體處理掉。」

劉備當即答道：「諾！」

就在這時，烏桓人的號角聲響了起來，從城外的山丘上湧出了大批的騎兵，滾雷般的馬蹄聲雜亂無章的傳了過來，地面也有些許顫巍巍的震動，呼喊的聲音也愈發震耳了。

「全軍戒備！」公孫瓚急忙從地上撿起一張大弓，搭上箭矢，便拉開大弓，朝身邊的士兵大聲喊道。

「放箭！」

一聲令下，矢如雨下，遮天蔽日的箭矢在空氣中交會，雙方的士兵不斷地倒下……

半個時辰後，烏桓人的攻擊再次以失敗告終，而遺留在戰場上的是新的屍體。

入夜後，管子城的四個大門陸續打開，一群黑影在劉備、關羽、張飛、嚴剛的帶領下悄悄溜出了城門，用早已準備好的猛火油灑在那片屍山上。

當他們完成後，早在城樓上準備好的弓箭手便射出火矢。四條火龍同時在四個城門邊燒了起來，最後連成一片，形成了一條巨大的火龍，將城外的屍體全部吞噬在烈火當中。

熊熊的烈火照耀著夜空，將管子城周圍映照的如同白晝。城內的士兵站在城頭上目視著烈火焚燒著一切，眼裡卻是依舊的冷漠，有的甚至透著絕望。

城外的烏桓人也被這場大火吸引著，看著濃濃的黑煙騰空而起，所有人都堅定著一份信心，一定要攻克此城，為族人報仇。

大火整整燒了一個晚上，到平明的時候才慢慢熄滅，屍體被燒光殆盡，大地籠罩在一團黑色當中。

當大火剛剛熄滅時，烏桓人進攻的號角再次響起，挽著弓箭的騎兵毫不猶豫地衝了上來，從四面八方一同壓了過去，開始了新一輪的進攻。

只是，這次進攻與以往不同，烏桓人的騎兵後面跟著一些步卒，步卒們的肩膀上扛著一架架嶄新的雲梯，這是他們辛苦了十天的結果，今天終於可以派上用場了。

戰鬥一觸即發，烏桓人也開始學著漢軍攻城的樣子，在城牆邊架起了雲梯，用弓騎兵作為掩護，步卒都手持木盾、彎刀攀爬城牆。一時間，驚恐的漢軍陷入了苦戰，不僅要應對烏桓騎射部隊帶來的威脅，還要應付被烏桓人爬上城牆的可能。可所有的人都沒有退縮，而是英勇地用自己手中的兵刃去迎敵。

小小的管子城內外，開始了殘酷的戰鬥……

「田豫，還有多遠？」奔跑在隊伍最前面的高飛扭頭對身後的田豫大聲問道。

田豫急忙回答道：「啟稟高將軍，已經快到了，不足十里。」

高飛的馬快，可是為了和大軍保持一致，沒有讓烏龍駒發揮出真正的實力。

他看著身後黑壓壓的一片，人頭、馬頭層出不窮的浮動，除了他的一萬騎兵外，他還帶來遼東屬國的兩萬烏桓突騎，三萬騎兵雄壯的向前奔跑著，展現出勢不可擋的氣魄。

兩天前，在昌黎，高飛將計就計殺掉了蘇僕延，並且收服了在當地威望最高的烏力登，將烏力登推上了烏桓人的部族首領。成為部族首領的烏力登為了自己部族的利益和長久發展，決定帶著八萬部族歸附高飛。

高飛任命烏力登為鷹揚將軍，並且廢除了遼東屬國的稱號，在原有的基礎上設立了昌黎郡，**任命烏力登的弟弟烏力吉為昌黎太守，正式將遼東屬國的烏桓人劃到了自己的治下**。

回想起兩天前的事，高飛到現在還有點興奮，他萬萬沒有想到這一次出兵會獲得這麼大的好處，竟然不費吹灰之力便將遼東屬國給占領了，而且還得到了兩萬烏桓突騎。

「全軍停止前進！」高飛突然勒住馬匹，朝後面大聲喊道。

一聲令下之後，三萬騎兵迅速停止了步伐，各部的將軍都來到高飛的面前。

高飛見眾將圍了過來，朗聲說道：「從現在開始，分兵而進，管子城周圍的地形都是山丘，相信丘力居已經將管子城牢牢圍住了。趙雲，你帶五千騎兵從北門進攻烏桓人的背後，太史慈，你帶五千騎兵從南門進攻烏桓人的背後，張郃，你帶領五千騎兵到西門進攻烏桓人的背後，其餘的人跟我從東門進攻。」

「諾！」

高飛接著道：「烏桓人已經圍城十幾天了，此時早已疲憊不堪，我們突然到來，必定會讓烏桓人陷入混亂，四面同時進攻，一仗將丘力居擊潰。但是請你們記住，擊潰丘力居之後，都不許追擊，烏桓突騎的實力絕對不容忽視，這一次行動只是為了解除管子城的包圍，你們都清楚了嗎？」

「清楚了！」眾將異口同聲地答道。

高飛點了點頭，道：「趙雲、太史慈、張郃，你們帶著騎兵先走，到達之後，就立刻展開進攻，不必等候命令。」

「諾！」趙雲、太史慈、張郃三個人拱手道。

高飛又對龐德道：「你帶領三千騎兵跟隨在隊伍最後面，護衛軍師。」

「諾！」龐德答道。

高飛朗聲道：「出發！」

隨著高飛的一聲令下，三萬大軍迅速分成了四個部分，高飛親自率領華雄、烏力登、田豫，帶著一萬兩千騎兵朝管子城的東門而去，龐德保護著荀攸緊跟在後，趙雲、張郃、太史慈則分別帶著五千士兵馳往其他三個城門。

此時的管子城已經是一片混亂，四個城門都受到了烏桓人猛烈的攻擊，步卒不斷試圖爬上城牆，騎射部隊的箭矢也紛紛射了上去，和城樓上的守軍形成了白熱化的戰鬥。

一柱柱鮮血不斷地從身體中噴湧出來，將參戰的雙方都染成了紅色，地面上剛剛燒毀的屍體又被新的屍體覆蓋上，火燒過後的黑色大地上很快被紅色渲染。

「放箭！不要讓他們登上城樓。」劉備手持雙股劍，一邊砍殺爬上城牆的烏桓人，一邊對左右兩側的弓箭手大聲喊道。

公孫瓚手持一柄精鋼雙刃長矛，長約一丈三尺，在金燦燦的陽光下顯得寒光閃閃，他揮舞著手中的長矛，一邊撥開烏桓人射來的箭矢，一邊將長矛刺進攀爬城牆的烏桓人體內，並且推倒雲梯。

全城都陷入了苦戰，不善攻城的烏桓人學會使用漢人的攻城器械，雖然只有雲梯，卻讓守城的軍隊感到極大的壓力。

管子城東門外的山丘上，丘力居騎著一匹駿馬，他身材魁梧，足足八尺有餘，渾身上下肌肉虯張，充滿爆炸性的力量，立在馬上就像是一座不可逾越的大山。睥睨之間，似乎天下風雲盡在他手。

看著攻城部隊一次次逾越城頭，又一次次的被守軍給壓制住，丘力居心裡十分的惱火，指著站在城樓上奮力拼殺的公孫瓚，怒吼道：「傳令下去，將所有的弓箭全部瞄準公孫瓚，白馬將軍不死，我烏桓人就無法占領幽州。」

公孫瓚是遼西令支人，在烏桓人和鮮卑人的心目中有著極高的威望，因為他所統帥的精銳部下全部乘坐白馬，所以被稱為「**白馬將軍**」。鮮卑人多次寇邊，公孫瓚所率領的白馬義從多次前來抵禦，而鮮卑人一旦碰上公孫瓚，就總是會被打得很慘，所以在草原上，鮮卑人都相互傳遞訊息，遇到白馬的軍隊就避而不戰。

之後，邊郡的漢軍常常會假冒白馬將軍和鮮卑人戰鬥，鮮卑人上當次數多了以後，也學聰明了，便讓人畫下公孫瓚的畫像，傳給各部，還曾經派遣刺客去刺殺，可惜均以失敗而告終。

白馬將軍的威望也被烏桓人深知，所以這次丘力居一反叛，就想到先對付公孫瓚，將公孫瓚誘到了管子城，並且將其包圍起來，企圖將公孫瓚一口氣消滅掉。

丘力居的命令迅速被傳達了下去，騎射部隊將公孫瓚當成了箭靶，一致瞄準了公孫瓚，瞬間便射出了無數支箭矢。

公孫瓚剛刺死一個烏桓人，突然看見無數支箭矢向自己射了過來，正當他躲閃不及之時，周圍的兩個士兵急忙跑到公孫瓚的面前，同時大喊一聲「將軍小心」，替公孫瓚擋下了這一波箭矢。

饒是如此，還是有兩支箭矢分別射在了他的肩窩和大腿上，疼痛不已的他，急忙一個翻身躲在了城垛後面。

看著替他而死的人身上插滿了箭矢，他的心裡有的只是對烏桓人的憎恨，自言自語地道：「我一定要殺了丘力居，我一定要殺光你們這些胡虜！」

劉備從一邊跑了過來，見到公孫瓚受傷了，急忙道：「快來人，抬將軍去治傷。」

公孫瓚伸出右手，咬著牙拔出射進左邊肩窩的箭矢，同時拔下了射進大腿裡的箭矢，鮮血登時從兩處冒了出來，他對劉備吼道：「不用管我，不殺了這些臭胡虜，我誓不甘休！」

話音一落，他便站了起來，將長矛瞬間刺進剛剛爬上城牆的士兵體內，並且大聲吼叫道：「給我放箭，射死那些臭胡虜……」

聲音還在空氣中迴蕩，但見無數支箭矢朝他再次射了過來，密密麻麻的黑點迅疾飛向了他的面門。

「小心！」劉備猛地向前一撲，將公孫瓚撲倒在地上，箭矢從兩個人的頭頂上呼嘯而去，當真好險。

「啊……」

無數聲慘叫從劉備、公孫瓚兩人的耳邊傳了過來，城牆的士兵被烏桓人的箭矢射倒了一片，有的直接被釘在了城樓的門柱上。

就在這時，幾個烏桓人在強大箭陣的掩護下登上了城樓，舉著手中的彎刀，露著猙獰的面孔，朝著公孫瓚便砍了過來。

倒在地上的公孫瓚急忙握起手中的長矛，向前一突，便將長矛刺穿了那個人的身體，劉備也握著雙股劍，揮砍著登上城樓的烏桓人。

兩個人剛剛殺死三個烏桓人，卻又看見十幾個乘勢登上了城樓，而每當他們露頭的時候，城牆下面總是會有箭矢射過來。

劉備見兩邊的弓箭手被烏桓人撲了上去，城樓上的漢軍明顯的減少了，他急忙叫道：「將軍，不行了，城樓失守了，快退到城裡，可以在城中進行抵擋。」

公孫瓚忍著傷痛，看著兩邊都有烏桓人朝他們衝了過來，他知道現在不是逞強的時候，可是他心裡明白，一旦城樓失守，就會無形中給城中的部隊帶來極大的威脅，士氣上也會一落千丈。

他強撐著受傷的身體，向城門邊嚴陣以待的士兵大聲喊道：「全部上來，城樓絕對不能失守！」

命令下達後，公孫瓚便站了起來，從死去的烏桓人手中拿來一個木盾，忍著左邊肩窩受傷的疼痛，緊緊地握在手中，右手則持著長矛，大喝一聲，迎著衝著他而來的烏桓人便刺了過去。

劉備看到這一幕，無奈地搖了搖頭，見城樓下面的士兵補充了上來，也只好打起精神，大喝一聲，揮舞著手中的雙股劍便是一番亂砍。

請續看《三國奇變》【戰略篇】第五卷　將計就計

三國奇變【戰略篇】卷4 殺機懾人

作者：水的龍翔
發行人：陳曉林
出版所：風雲時代出版股份有限公司
地址：10576台北市民生東路五段178號7樓之3
電話：(02) 2756-0949
傳真：(02) 2765-3799
執行主編：朱墨菲
美術設計：吳宗潔
行銷企劃：林安莉
業務總監：張瑋鳳

初版日期：2021年11月
版權授權：蔡雷平
ISBN：978-986-5589-29-5

風雲書網：http://www.eastbooks.com.tw
官方部落格：http://eastbooks.pixnet.net/blog
Facebook：http://www.facebook.com/h7560949
E-mail：h7560949@ms15.hinet.net
劃撥帳號：12043291
戶名：風雲時代出版股份有限公司

風雲發行所：33373桃園市龜山區公西村2鄰復興街304巷96號
電話：(03) 318-1378
傳真：(03) 318-1378
法律顧問：永然法律事務所 李永然律師
　　　　　北辰著作權事務所 蕭雄淋律師

行政院新聞局局版台業字第3595號 營利事業統一編號22759935

定價：290元

國家圖書館出版品預行編目資料

三國奇變 / 水的龍翔著. -- 初版. -- 臺北市：風雲時代出版股份有限公司, 2021.04- 冊； 公分

ISBN 978-986-5589-29-5（第4冊：平裝）--

857.75　　110003326